完璧な佐古さんは僕《モブ》みたいになりたい

山賀塩太郎

JN250305

ファンタジア文庫

3162

口絵・本文イラスト　佑りん

完璧な佐《さ》古《こ》さんは僕《モブ》みたいになりたい

Kanpekina
Sako san
ha
Mobumitaini
naritai

登場人物

HARU TSUYOSHI

津吉晴（つよし はる）

年齢：16歳　誕生日：2/18
血液型：A型　部活：帰宅部
身長：169cm

平凡な高校生。受験勉強に打ち込み、地区有数の進学校の西陣高校に入学する。時間を簡単に潰せる遊びを好む。学校では教師の手伝いや人助けを精力的に行っている。

MACHIKA SAKO

佐古町香（さこ まちか）

年齢：16歳　誕生日：7/17
血液型：O型　部活：吹奏楽部
身長：158cm

大手企業の重役の父と専業主婦の母を持つ。西陣高校付属中学に入学し、エスカレーターで入学。

高校に入学するころには成績がトップクラスになっていた。

男子からあこがれの的の、

〝完璧美少女〟

TAKUMI ISAKA

伊坂拓海（いさか たくみ）

年齢：16歳
血液型：B型
身長：178cm
誕生日：12/26
部活：野球部

津吉の友人で、地頭が良いスポーツマン。なまけ癖があるが、何故か練習がハードな野球部でキャッチャーをしている。
女子の間では人気があるが、一匹狼。

MAYUKO NISHIDA

西田真由子（にしだ まゆこ）

年齢：16歳
血液型：B型
身長：157cm
誕生日：9/9
部活：吹奏楽部

佐古の友人で、彼女を妹のように扱っている。明るくて活発ながらも、空気を読むのは上手い。
目鼻立ちがはっきりしていて、制服もカジュアルに改造する。

カップルには理想の身長差がある、と教えられたことがある。男子のほうが十五センチ高いと、並んで歩いたときにバランスよく見えるらしい。

でも、理想の身長差を作れない場合もあるだろう。背丈の違いが極端で、ヒールや厚底のブーツを履いても十五センチ差にならない男女もいるはずだ。

ならば、そういうふたりはデートでどんな靴を履くのだろう。

その答えを、僕はまだ持ち合わせていない。

一話

「……津吉《つよし》くんに……伝えたいことがあって」

その美少女は制服の襟元をぎゅっと握り締め、僕の目を見つめた。

「私はあなたが……津吉晴《はる》くんのことが好き」

緊張で声が震えていたけれど、はっきりと佐古《さこ》さんは言い切った。

佐古さん——佐古町香《まちか》はきれいな容姿をしていることで有名だった。

整った輪郭と丸っこくてあどけない瞳、艶のあるロングの黒髪、それからメリハリのあるスタイル。制服のプリーツスカートは短すぎない程度に折られていて、清純なイメージのある彼女にはよく似合っていた。

でも、佐古さんは容姿端麗なだけじゃない。

勉強も得意で、進学校である西陣《にしじん》高校においてもテストの順位はいつも一桁だ。それに性格もよくて友達から好かれている。少なからず想《おも》いを寄せる男子もいるはずだ。

つまるところ、僕から見て……いやだれから見ても佐古さんは完璧な女子なのだ。

そんな完璧な佐古さんから空き教室に呼ばれたときはなにごとかと思った。なんせ佐古さんと僕はあまり接点がないから、わざわざふたりで話すようなことはないはずだ。

それなのに、まさか告白されるなんて。

返事を待っている佐古さんは、足が小刻みに震えていて頬はほんのり赤くなっていた。瞳も不安そうに揺れている。

なにかの罰ゲームで告白させられているというわけではなさそうだった。

これは、真面目に返事しなくちゃいけないやつだ。

頭を冷やすために佐古さんから視線を外し、窓の外を見た。

ガラス窓の向こうは土砂降りで、校庭は灰色に染まっていた。こんな天気だから運動部のかけ声も聞こえてこない。

雨音に耳を傾けながら熟考し、やがて僕は答えを決めた。

目線を教室に戻して佐古さんの目を真っすぐに見つめる。

「ごめんなさい。佐古さんとは付き合えない」

「どう、して……」

目尻に涙をにじませる佐古さんに、その答えを告げる。

「佐古さんは魅力的すぎるんだ」

「魅力的、すぎ……？」

「うん。顔がすごく整っていて髪もさらさらで美人だし」

「……え」

「それに努力家で勉強もできるでしょ。いつも成績上位にいるし」

「い、いやあ」

「性格も明るくてみんなから愛されてる」

「そそ、そんなことは」

「真面目で優しくて、それから――」

「もうやめて！」

佐古さんが両手で顔を覆った。でも真っ赤になった耳は丸見えだった。

「ほめ殺しにしないでよ！　恥ずかしくてしんじゃいそう……」

「ご、ごめん」

とにかく、僕から見て……いや、だれから見ても佐古さんは完璧だ。

一方、僕はどうがんばってもモテることのない残念な男子だ。なにをしても人並みかそれ以下で、凡人を名乗っていいかも怪しい。

とどのつまり、僕にとって佐古さんは異界の人間なのだ。

「僕は大した人間じゃないよ。かっこ悪くて落ちこぼれで運動もできなくて、特技もない。だから、僕は佐古さんの隣にいる自分が想像できない。完璧な佐古さんの隣にいるべきなのは僕じゃない。だから……付き合えない」

ゆっくり諭すように告げると、真っ赤だった佐古さんの顔から色が抜けていき、しまいには青白くなった。

顔を覆っていた手を離すと、佐古さんは泣き始めていた。薄い唇をきゅっと結んで堪《こら》えようとしていたけれど、大粒の涙がとめどなく流れ続ける。

「私は津吉くんがいいのにっ……」

佐古さんはかすれた声で言い切ると、教室から駆けて行った。

ドアがぴしゃりと閉まると、思い出したようにざあざあという音が耳に届いた。

「これでいいんだ」

佐古さんが流した涙は僕への想いが本物だった証拠で、僕はそれを踏みにじった。間違ったことをしたとは思わないけれど、どうしても気持ちがもやもやする。

「でも、なんで佐古さんは僕を選んだんだろう」

どこからどう見ても、僕にはわかりやすい魅力がない。

勉強も運動もできず部活もやっていないし、一芸を持っているわけでもない。もちろん、これまで女子から告白されたことなんてなかった。

とにかく僕は欠点だらけで、佐古さんはすべてを備えている。佐古さんと僕では釣り合うとは思えないし、佐古さんと付き合おうものなら、僕の存在が佐古さんの唯一の汚点になってしまう。

だから告白を断ったことは後悔していない。それなのに、去り際《ぎわ》の佐古さんの泣き顔が脳裏にこびりついて消えそうにない。

きょうのことはしばらく引きずりそうだ。

鬱々とした気分になりながら、僕は鞄《かばん》を肩に掛けた。

◇　◇　◇

土砂降りのなか、私は傘を持たずに歩いていた。

水を吸ったサマーベストは重たくなり、湿ったブラウスは鬱陶しく身体《からだ》に張り付いてくる。でもずぶ濡《ぬ》れになったおかげで、涙の跡が目立たなくて助かった。

身体が冷え切った頃家に着き、玄関をくぐる。それからお母さんに聞こえないように小さな声で「ただいま」を言った。

廊下にぽたぽたと水滴を落としながら洗面所まで行くと、私は鏡を見た。

案の定、私の顔はぐしゃぐしゃに崩れていた。目元が腫れていて、涙を拭くときに擦《こす》ったところが赤くなっている。もちろん表情も暗い。

鏡に向き合っていると、さっきの津吉くんの言葉がフラッシュバックした。


『完璧な佐古さんの隣にいるべきなのは僕じゃない』


自分のことを完璧だとは思わない。でも津吉くんから見ると私は完璧だったらしくて、それが理由で振られてしまった。

正直、私は自分の顔を気に入っていた。整形したいと思うようなところはないし、かわいく産んでくれたお母さんに感謝している。

でも、いまだけは鏡に映る自分の顔が憎らしくてたまらなかった。完璧だったせいで、私の想いは成就《じょうじゅ》しなかったのだから。

衝動的に洗面所の棚からハサミを取り出した。

濡れてまとまった前髪の毛束を左手に持ち、ハサミを右手に握った。ひと思いに、ばつんと切る。ばつん、ばつん、ばつん。

すると前髪がガタガタになり、白い額があらわになる。前髪で隠していた眉毛も姿を現した。

私の眉は八の字になっていて、端っこのほうがだらしなく垂れ下がっている。この眉毛は私のコンプレックスだった。だって、かわいくないから。

前髪を切った私の姿はひどいもので、目を背けたくなるくらいだった。たぶん、私史上いちばん不細工な見た目になっている。

ふと、思う。私がもっと不細工で完璧から遠い存在だったら、告白の返事は変わっていたんじゃないだろうか。

この不細工な姿で告白していたら、津吉くんはどう答えていたのだろう。不細工な私なら、告白は受け入れてもらえたのだろうか。

「完璧じゃなくなれ、私」

今度はたしかな意志をもってハサミを握った。

背中までかかるロングの黒髪。女の子らしさあふれる、私の大好きな髪形。その髪に、ためらうことなくハサミを入れた。

ばつん、ばつん、ばつん。私の右手のなかでハサミが躍る。

鏡のなかの私は眼《め》が曇っているのに口元だけは笑っていて、ひどく歪《いびつ》な表情をしていた。

「町香！　なにやってるの！」

びっくりして扉のほうを見ると、お母さんが洗面所に入ってきた。

お母さんは私の顔を見るなり頬を引きつらせた。ボロボロになった前髪に驚愕《きょうがく》したのだろう。

「町香……あなた、泣いてるの？」

問われて思い出した。泣き跡を消し忘れていた。

「別に泣いてなんか、ない」

「なにかあったの？　辛《つら》いこと？」

お母さんは私の強がりを見透かして、穏やかに声をかけてくれた。

「大丈夫よ、町香。お母さんはなにがあっても町香の味方だから」

暖かい言葉をもらって、あっという間に胸の内がいっぱいになった。

そして、抱えきれなくなった想いが口からこぼれ出る。

「好きな男の子に、振られたの……」

お母さんはすべてを察したようにうなずいた。

「そう、そういうことね。お風呂《ふろ》を沸かすからまずは温まりなさい。そのあと、お母さんがちゃんと切ってあげるから」

無償の優しさが染《し》みて、私の右手からハサミが滑り落ちた。

「お母さん……！」

私はお母さんの胸に飛び込むと、温かい腕に包まれたまましばらく泣いた。


お風呂から上がったあと、お母さんに髪を整えてもらった。

ロングだった髪はボブくらいの長さになり、前髪はぱっつんになった。

変化が大きすぎて自分が自分じゃないみたい。しばらくは鏡を見るたびにびっくりしそうだ。

部屋着になった私はベッドに寝転ぶと、ＬＩＮＥの通話で友達を呼び出した。

繋《つな》がった瞬間、食い気味に興奮した声が飛んでくる。

『どうだった⁉』

電話の相手は西田真由子《にしだまゆこ》。

私は中学受験で西陣付属中学に入学したのだけど、そこで初めてできた友達で、いちばん付き合いが長い。

「振られちゃった」

『…………まじか、ごめん』

　真由子の声のトーンが急降下した。

「ううん、気にしないで」

『だって町香が振られるなんて思わないじゃん！　津吉のヤロウ、絶対に許さん』

「まあまあ落ち着いて。私、津吉くんのこと諦めないから」

『え、そうなの』

「津吉くんね、私のことを『完璧だから』って振ったの」

『ほう？』

「私が完璧だから、隣にいる自分の姿を想像できないんだって」

『いわゆる「自分ではあなたに釣り合わない」ってやつね』

「だから私、完璧じゃなくなろうと思う」

『うん？　意味がわからない』

「だって完璧なのがだめなら直せばいいだけじゃない？」

『いやいやいやいやいや……』

　単純な話なのだ。私が完璧で釣り合わないというのなら、私が落ちぶれてしまえばいい。

完璧というイメージをぶち壊すのだ。

『そもそも、完璧じゃなくなるってなにをするわけ？』

「ちょっとした演技でどうにかならないかな。不細工で不真面目で勉強が苦手で女子力が低い女子のフリをすれば……」

『えーと、不細工で不真面目で勉強が苦手で女子力が低い、と……。いやそれ町香と真逆じゃん！　ムリだよ！』

「でも私には時間がない。手段を選んでいられないよ」

『う。たしかに。あと何日くらいだっけ？』

「二か月くらい」

そう、この恋はタイムリミット付きなのだ。

『二か月かあ……。なんかアレだね。余命を言い渡された重病患者みたいだ』

言い得て妙だった。この想いには余命がある。

「だからね、津吉くんと付き合うためだったらなんだってやるよ」

『そっか。それなら仕方ない……か』

「ありがとね、真由子。がんばるから」

きょうはがっつり振られてしまったけれど、ここからが本番だ。残された時間を使って、津吉くんが求める姿になってみせる。

やることが決まったおかげで辛い気持ちも薄れてきた。心も上を向いている。
待っていてね、津吉くん。
私、変わってみせるから。

六月十三日

告白したけど振られちゃった
でも津吉くんのことは諦めないと決めた
とにかく完璧なイメージを壊して、それからもう一度告白する
あと二か月！　なんとしても津吉くんと付き合う！

二話

翌朝は、六月とは思えないほどの快晴だった。

湿って重たくなった空気をかき分けながら、僕は教室の戸を引いた。

座席につくと、突っ伏して寝ていたはずの隣の男子が顔を上げた。

「……よう、津吉《つよし》」

「おはよう、拓海《たくみ》」

伊坂《いさか》拓海は高校でできた友達だ。

大きな背中と短髪が特徴で、野球部でキャッチャーをやっている。いつも気だるそうな目をしていて、授業中はいつも眠っている。寝る子は育つというやつだ。でも実際は冷静沈着で地頭がいいので侮《あなど》れないやつだ。

拓海は頬杖《ほおづえ》をつきながら僕の顔を見ると、その目をすっと細めた。

「さては睡眠不足だな」

ドンピシャに言い当てられて言葉を詰まらせた。

「……そんなふうに見える？」

「徹夜したわけじゃないな。ふだん津吉は無理して夜更《よふ》かししない。なにか寝られない理由があったと見た」

拓海はやたらと察しがよく、こういうことを簡単に見抜いてくる。

たしかに僕は、昨晩ほとんど眠れなかった。

佐古《さこ》さんを振ってからというもの、どうしてもあの泣き顔を思い浮かべてしまうのだ。おかげで常に思考がからめとられてしまい、ずっと気分が低迷していた。

「一応訊《き》いておくが、平気か？　寝られないほど悩むことがあったんだろ？」

拓海は一年の頃からの付き合いで、信頼もできる。だれかに打ち明けたら楽になれるかもしれないと思って口を開いた。

「佐古さんに告白された」

「ほう」

「それで、振った」

拓海は盛大にため息を吐《つ》くと、頬杖をやめて頭を持ち上げた。

「佐古を振る理由がわからん。美人で勉強ができて性格がよくて、あと家庭的なところもあるじゃないか。言っておくが、佐古はかなりモテるぞ」

「モテそうなのは僕でもわかるけど」

「いいや。津吉が思っているよりもはるかにモテる。佐古は目立つタイプじゃないからわかりにくいかもしれないが、逆に男子は『俺でもワンチャンあるんじゃないか』と勘違いするから異様にモテる」

「まるで見てきたような言い方だね」

「見てきたさ。去年の夏合宿の夜に恋バナが始まってな。だれかが『佐古が好き』と打ち明けたら、芋づる式に『俺も』とか言い出すやつが出てきて、最終的には野球部の一年男子の半分が佐古のことが好きだということが判明した」

「さすがに盛ってるでしょ」

「そうでもない。佐古は吹部だから、野球部の応援に来るだろ？　そうすると野球部の連中はホイホイ恋に落ちる。だからじゅうぶんに起こり得ることだ」

たしかに部活間で繋がりがあれば、絶対にあり得ない話ではないのか。それでも一年の半分が佐古さんを好きというのはすごいな。

佐古さんの人気っぷりを再確認していると、拓海は伸びをしながら吐き捨てる。

「そういうわけだ。どう考えてももったいないし、津吉はバカだ」

「僕には高嶺《たかね》の花すぎるよ」

「高嶺の花っていうのは、手を伸ばしても届かないもののたとえだ。現に津吉は佐古から告白されたわけだから、そのたとえはおかしい」

「細かいことはいいよ。とにかく、僕は佐古さんと付き合えるほどいい男じゃないから振ったんだ」

「津吉がいい男かどうかは佐古が決めることだ」

「それじゃあ、拓海は僕のこといい男だと思う？」

「まったく」

「全否定されるとそれはそれで傷つくんだけど」

拓海の言わんとすることはわかっていた。説教くさい口調になるのも納得がいく。

それでも、僕が佐古さんと付き合えるほどの男ではないことも事実だ。

「拓海なら佐古さんともお似合いなのにな。運動も勉強もできて背が高くてかっこいいし、冷たいようで本当は優しいし。あと周りの人のことをよく考えてるし」

うげえ、と拓海が顔をしかめた。

「急にほめるな。気色悪い」

「ひどくない？」

「ま、そういうところが佐古は気に入ったのかもな」

「気に入るって具体的には――」

訊き返そうとしたとき、教室の前のほうでざわめきが起こった。その直後に、女子にしては低くてよく通る声が教室に響いた。

「町香⁉　その髪どうしたの⁉」

佐古さんといつもいっしょにいる西田《にしだ》さんだった。

「えへへ、切っちゃった」

「いくらなんでも切りすぎでしょ」

その声につられて顔を向けると、そこには変貌を遂げた佐古さんの姿があった。

長かったはずの黒髪はばっさり切り落とされていて、肩上のボブになっている。

前髪はかなり短くなっていて、つるんとした額が半分以上あらわになっていた。だから、これまで前髪に隠れていた眉毛が表に出てきていた。

僕はその眉に目を奪われた。

佐古さんの眉毛は八の字になっていて、にこやかな表情をしていてもなぜか少し寂しそうで、庇護《ひご》欲をそそられた。佐古さんにはしっかり者というイメージがあったけれど、その眉からは子犬みたいなかわいらしさが感じられた。

佐古さんの眉をまじまじと見つめること数秒、遅れて気づいた。その眉のすぐ下、佐古さんの丸い瞳がこちらを向いていたのだ。

僕は慌てて目を逸《そ》らし、机に顔を伏せた。

顔が熱くなるのがわかった。どれだけの間、僕は佐古さんの顔を眺めていたのだろう。しかも、それに気づかれていた。

たんたんたん、と上履きの音が近づいてきた。佐古さんだとすぐにわかった。

僕は机に突っ伏したまま寝たフリを決め込む。

「津吉くん、おはよう」

佐古さんの声を聞くと昨日の告白を思い出してしまい、頭がくらくらした。

「この髪、どうかな?」

蒸気が出ているのではないかと思うほど顔が熱い。恥ずかしさで顔を上げることができない。

「ねえ、津吉くんってば」

佐古さんが僕の肩を揺すった。

クラスのざわめきがさらに広がる。なんで津吉に感想を求めるんだ、とか思われているのだろう。注目を浴びるのは苦手だから勘弁してほしい。

「おい津吉。求められたら感想を言うのが礼儀だろ」

拓海から声が上がる。

それも無視して伏せていると、急に太い腕が脇に入ってきて上半身を持ち上げられた。拓海が僕を羽交い絞めにしたのだ。

「なあ津吉、ちゃんと見てやれよ」

変身を遂げた佐古さんの顔を、僕は真正面から見据えた。

昨日までは落ち着きのあるきれいな雰囲気だったけれど、いまはその真逆で、あざとさと子供っぽさがあった。回りくどい言い方をしないのであれば、すごくかわいい。

「こんなに切ったら不細工だよね。津吉くんもそう思わない？」

不細工なんて滅相もないと思ったけれど、素直にかわいいと答える度胸なんてない。

黙り込んでいると、佐古さんは唇を尖《とが》らせた。

「へえ、感想くれないんだ。せっかく切ってきたのに」

いじらしくされると「かわいい」と口を滑らせてしまいそうで困る。

「不細工？　それともかわいい？　一言でいいから答えてほしいなあ」

回答放棄したくなるような二択だった。僕にはどちらも選ぶ権利がない。

僕が言い淀《よど》んでいると、拓海が無遠慮な声を上げる。

「その前髪は、おれは不細工だと思うな」

「だよね！」

なぜか佐古さんの反応がうれしそうだった。

なんでだ？　不細工なんて言われたら、ふつうは傷つくんじゃないの？

「ね、津吉くんも不細工だと思うよね？」

佐古さんは僕が答えるまで訊き続けるつもりらしい。

いますぐにでも逃げ出したかったけれど、拓海が脇をロックしているから離れられない。

佐古さんはなぜ髪を切った？　どうしてこんなに感想を求めてくる？　もしかして振ったことへの当てつけ？　こうなったのは僕のせい？

いくら考えても佐古さんの意図がわからず、頭がパンクしそうになる。

「あっ」

絶体絶命の窮地にチャイムが鳴り響いた。先生が教室に入ってきて、雑談していた生徒が座席に戻っていく。

佐古さんは不満そうな顔で僕を見たあと、大人しく自分の席に戻っていった。

拓海もため息を吐きながら僕を解放した。

交際を断ったのだから、もう佐古さんと喋《しゃべ》ることはないと思っていた。それなのに、なぜか以前より積極的に話しかけてきた。意味がわからない。

首をひねっていると、席に戻った拓海が小声で話しかけてきた。

「振ったくせに佐古と仲良しだな。なんでだ？」

「僕が訊きたいよ」

これからも佐古さんは僕にかまってくるのだろうか。

うれしいような怖いような、複雑な気持ちになる。さっきみたいな心臓に悪いやり取りはしたくない。

どうかふつうの友達でいられますように、とこっそり祈った。

六月十四日

髪形を大きく変えたおかげで、津吉くんの見る目が変わったような気がする
少なくとも、これで私の容姿は完璧じゃなくなったはずだ
なんとしても、津吉くんが納得してくれるような女の子になってみせる

三話

「女子の制服ってのは不思議なものだ」

たまに拓海《たくみ》は思いつきで謎の発言をする。けれどもこういうときの拓海は意外と面白いことを考えているので、僕は興味を持った。

「制服がなんだって？」

僕は声を潜めて訊《き》いた。

朝の教室はまだひとが少ないけれど、制服について語り合うのは女子の視線が怖い。

でも拓海は恐れることなくふだん通りの声量で語る。

「制服は学生を型に押し込んでいるようでいて、なぜか拡張性がある」

ピンとこなくて訊き返す。

「矛盾しているってこと？」

「制服は個性の表現を否定しているくせに、やろうと思えばカスタマイズできるようになっているだろ」

「カスタマイズできるように作られてないと思うけど」

「いいや、そんなことはない。女子のスカートの長さなんてどうだ？」

拓海の話が一歩踏み込んだところで、僕は声を抑えろとジェスチャーを飛ばす。

周囲の目があるところでスカート丈について語るのはまずいだろう。

「スカートの短さが象徴するのは……そうだな。おしゃれ度のアピールか、自分のスタイルへの自信か、校則というルールへの反抗心かってとこだな」

「そ、そうだね」

「一方、長いスカートは真面目さとか従順さの表れだな。その境目でバランスを取ることで、女子のスカートの長さは決まっているわけだ」

「バランスね……」

わかるような、わからないような。

「つまり、スカート丈を見ればその女子の性格は把握できる。逆に言えば、学校側は女子の性格を見抜くために、あえて長さを変えられるスカートを採用している」

「どんな陰謀論だよ」

「で、津吉はどれくらいの長さが好きなんだ？」

問われて真っ先に思い出すのは、佐古《さこ》さんのプリーツスカートだった。

控え目に折られたスカート丈は、膝上数センチといったところ。優等生らしい清楚《せいそ》さのなかに、一滴だけかわいさを落とし込んだような長さだ。

たしかに佐古さんのスカート丈は、佐古さんの性質をよく表しているような気がする。

拓海のスカート丈理論を読み解けた気がした。

というか、スカート丈の話なのになんで僕は佐古さんのことを考えているんだ。

「なあ津吉。そんなに真剣に考えるのはさすがに気持ち悪いぞ」

「訊いたのは拓海だよね⁉」

じっくり考えていたせいで突っ込まれてしまった。

たしかに好みのスカート丈について黙々と考察するのは気持ち悪いな。

「じゃあ、拓海はどうなんだよ。好きな長さ」

「短いスカートは好きだが、短すぎるのもよくない。突然の強風にあおられたときに下着がぎりぎり見えないくらいがいい」

「拓海もたいがい気持ち悪いな」

僕らの会話がひと段落したとき、教室の前側の扉がガラガラと引かれた。

現れた人物の姿を見て、西田《にしだ》さんが真っ先に声を上げた。

「町香《まちか》⁉　また派手にイメチェンしたね⁉」

その声はクラス全員が思ったことを代弁しているかのようだった。

佐古さんのスカートが十センチほど短くなっていたのだ。

たかが十センチ、されど十センチ。校則で規定されたラインを一足でまたぐ長さであり、真面目な優等生からちょっと反抗的な女子へと変貌する十センチなのだ。

これまでスカートで隠されていたから気づかなかったけれど、佐古さんの脚はとてもきれいだった。すらりとしているけれどほどよく健康的で、太ももは眩《まぶ》しいくらいに白い。

無意識に視線が吸い寄せられてしまい、罪悪感と背徳感がないまぜになっていく。

僕と同じく、拓海も佐古さんの脚に目を奪われていた。

「美しい……」

拓海の眼《め》は清々《すがすが》しいくらいにはっきりと佐古さんの脚を眺めていた。

ぐるりとクラスを見渡せば、ほとんどの男子が佐古さんをこっそり見ているようだった。男子というものはおそろしく単純だ。僕もだけど。

しかし、佐古さんはどうしてスカートを短くしたのだろう。

拓海のスカート丈理論に当てはめるなら、佐古さんにはなにかしら変化があったはずだ。

僕は改めて佐古さんに目を向けた。西田さんと談笑していて、楽しそうに笑うたびにプリーツスカートが膨らむ。

「ねえ拓海。スカート丈で性格がわかるなら、佐古さんは性格が変わったってこと？」

「そうだな。なにか心境の変化があったはずだ」

「どんな？」

拓海がにやりと笑う。

「好きな男子に振られた、とかだな」

う、と言葉を詰まらせた。心当たりがあるせいでなにも言い返せない。

でも振られたからスカート丈を短くする、というのはよくわからない。

佐古さんを目で追いながらその真意を推し量ろうとしたけれど、まるで想像が及ばない。

首をひねってため息を吐《つ》いた瞬間、佐古さんと視線がぶつかった。佐古さんは、ニヤニヤと思わせぶりな顔をしていた。

僕は飛び跳ねそうなくらいびっくりして、すぐさま目を逸《そ》らした。

もしかして、ずっと脚を見ていたことに気づかれた？　そうじゃなきゃ、あんないたずらっ子のような笑い方はしないはず。

やがてチャイムが鳴り、謎が解けないまま朝礼が始まった。

僕の座席は最後列の左端なので、授業中も佐古さんの背中を無意識に見つめてしまった。

佐古さんのスカートが短くなった理由をずっと考えていたけれど、その答えが見つかることはなく、あっという間に放課後になってしまった。

「拓海、終礼も終わったよ」

「ん……ああ……」

熟睡している拓海を揺すった。放っておくと彼が野球部に遅刻してしまう。

拓海はのっそりと背中を起こすと、目を擦《こす》った。

「もう放課後か……」

「部活、遅れないように行きなよ」

「らじゃ。津吉《つよし》はきょうも進路指導室か？」

「うん」

「がんばれよ」

「そっちもね」

眠そうにしていた拓海を置いて、僕は教室をあとにした。

三階から二階へと階段を降り、たくさんの生徒とすれ違いながら進路指導室にたどり着いた。

進路指導室は教室と同じ間取りだけど、本棚やラックが配置されているぶん狭く感じる。

ここでは赤本や参考書を借りることができたり、大学の資料やパンフレットがもらえる。

西陣《にしじん》高校は地域有数の進学校であるため、こういった進路選択のサポートも万全なのだ。

しかし、僕は受験対策のために足を運んだわけではなかった。

本棚の奥にあるデスクに向けて声をかける。

「柴戸《しばと》先生、こんちはです」

「お、来たな津吉」

ぼさぼさ頭の男性教師が仕事を中断し、顔を上げた。

柴戸先生は進路指導部の先生であり、僕が一年生のときの担任でもある。

この先生の特徴として、だらしないことが挙げられる。

たとえばひげを二日に一度しか剃《そ》らない話は有名で、きょうは無精ひげが残っているほうの日だった。不潔な印象はしないけれど、二十代後半にしては老《ふ》けて見える。

僕は本棚の合間を縫って進み、先生のデスクの前に立った。

教師用のデスクは四つ置かれているけれど、いつも柴戸先生しかいない。ほかの先生は職員室にいることが多いからだ。

柴戸先生はやることなすことすべてが破天荒だから、ほかの先生と馬が合わないらしい。

だから職員室から逃げ出して進路指導室に引きこもっているのだとか。

僕がここにやってきたのは、そんな孤独な柴戸先生の仕事を手伝うためだ。

柴戸先生曰《いわ》く、進路指導部につくと業務の量がぐっと増えるらしい。僕は放課後になると、その仕事の一部を手伝っているのだ。

本当は先生がやらないといけない仕事らしいけれど、柴戸先生はお構いなしに押し付けてくる。そういうことをするから職員室に居場所がなくなるのだ。

きょうも先生はプリントの束を僕に押し付けながら言う。

「それじゃ、きょうはファイリングを頼むな。日付順になるように入れてくれ」

「量、多くないですか?」

「つべこべ言わずにやってくれ。早く家に帰りたいんだ」

「先生にあるまじき発言」

僕が進路指導部の手伝いを始めてから、そろそろ一年が経《た》とうとしていた。柴戸先生が僕に目をつけたのは、少し特別な事情があった。

一年生の初夏の頃、僕は高校最初の定期テストで絶望していた。どの教科もさんざんな結果で、英語においては学年最下位だったのだ。

一学年二百八十人というくくりがあれば、どうあがいても学年最下位がひとり選ばれてしまう。つまり、進学校には進学校の落ちこぼれが存在するのだ。それが僕だった。

一年生の初《しょ》っ端《ぱな》でつまずいた僕は、進路指導室で柴戸先生に相談した。

「中学生のときは真面目に勉強していたつもりだったんですけど、高校に入ってからはまったく通用しなくて不安なんです。どんどん自信がなくなってしまって」

デスクを挟んで柴戸先生がうなずく。

「なるほどな。たしかにこの高校には優秀なやつが多いから、悪い点を取ると自分だけ取り残されているような気持ちになるよな」

「そう、そうなんですよ。どうにかして置いて行かれないようにしたいんですけど」

「ふむ……」

先生は指であごひげをなでながらうなった。

そのまま少し考えたあと、おもむろに立ち上がって紙の束を取ってきた。

「これ、卒業生の進学先なんだがな」先生がプリントを僕の前に置いた。「現役と浪人をわけて大学ごとに集計してくれ。ボールペンはそこにあるやつを使ってくれていいから」

「え、えっと……」

状況が呑《の》み込めなかった。僕は頼まれごとをされたのか？　相談しにきたのに？

そもそも目の前に置かれた書類は、生徒が目を通していいものなのだろうか。

「とりあえず、その集計だけやってくれないか。それから話をしよう」

「……はあ、わかりました」

このときはまだ柴戸先生がちゃらんぽらんなひとだとは知らなかったので、押し切られるようにして雑用を受けた。

それから小一時間ほどかけ、集計を終わらせた。

「先生、終わりました」

「本当か！　いやあ、おかげで早く帰れるなあ」

先生はうれしそうに言いながら机の上を片付け始めた。

「ちょ、ちょっと待ってください！　僕の相談はどうなったんですか！」

はっとする柴戸先生。

「そういえばそうだったな。ハハハ……」

僕がにらみつけると、先生はばつが悪そうに頭をかいた。

「実はな、こう見えて生徒に雑用を押し付けたのは初めてなんだ。意外だろ？」

「もう帰っていいですか」

「まあ待て。話はこれからなんだ。この学校にいると、みんな成績優秀であることがいちばん正しいことのように思えてくるんだ。津吉が悩んでいるのはそういうことだろ？」

そう訊《き》かれた僕は、浮かしかけた腰を落ち着けた。

「先生な、教師をやるのは西陣が三校目なんだけど、この高校あまり好きじゃないんだよ」

「……どうしてですか」

「生徒がすごく真面目に勉強するからだよ。多少の悩みはあっても、みんな勉強が成功への近道だと知っている」

「つまり勉強は大事じゃないってことですか？」

「違う違う。生徒が真面目すぎてつまんないんだよ。先生からしたらやりがいがなくてさ。だから津吉みたいにしっかり悩んでるやつがいてくれて安心してるんだよ。で、さっきの質問に答えるが勉強はめちゃくちゃ大事だ」

「……」

「そんな顔で見るな。ここからが本題なんだ」先生はこほんと咳払《せきばら》いした。「進路指導部の雑用をやってみて、どうだった？」

「どうって……めんどくさかったです」

「ハハ、そうだろうな。ちなみに津吉がやってくれた集計は学校のホームページに記載されて、受験生や保護者が見ることになる。受験校を決めるときの指針になるわけだ。それから、津吉が手伝ってくれたおかげで先生は早く家に帰ることができる。久しぶりに晩ご飯を作ろうかなと考えている。いいだろ？」

「いいだろって言われても」

「とにかくな、たったいま津吉はひとの役に立つことをした。どれだけ勉強しても、すぐになにかの役に立つわけじゃない。だから、いま津吉がやったのは素晴らしいことだ。テストで学年最下位でも、奉仕活動なら学校一位だ。自信ついただろ？」

　雑用なんてだれでもできることだし、そんな簡単に自信がつくはずがない。ただ僕の胸には「ひとの役に立った」という事実だけが、ゆっくりと染み渡っていった。成績への不安や劣等感が拭い去られたわけではなかったけれど、少しだけ視野が広くなったような気がした。

　でも僕はうまく言いくるめられたことが悔しくて、思わず先生に反発した。

「そうは言っても勉強は大事なんですよね？　仮に人助けをがんばったとしても、成績は悪いままだと思います」

「そうだな。成績を良くしたいなら勉強するしかない」

身も蓋もない返事をされて、僕は目を点にした。

成績への不安を相談したはずなのに、その答えに「勉強しろ」はどうなのだろう。

もう一度文句を言おうとしたら、先生が言葉を足した。

「でも津吉の悩みの本質は、成績が悪いことじゃないだろ？　他人と比べて個性や特技を持っていない自分が嫌いなだけだ。だったら、ほかにも手段はある。雑用みたいな学外活動だってそのひとつだ」

「じゃあ雑用をすれば悩みは解決するんですか？」

「津吉しだいだろうな。でも、やってみる価値はあるはずだ。ただし、受験生になったら勉強はちゃんとやれよ」

結局は勉強かよ、と言いたくなる。しかし得るものはあった。

柴戸先生は生徒に雑用を押し付けてくるから尊敬はできないけれど、悪いひとではないと思えるようになった。

「相談に乗ってくれてありがとうございました」

「おう。役に立ったか？」

「半分くらいなら役に立ちました」

「それならじゅうぶんだな」

これで僕の相談は完了したけれど、柴戸先生との関係は終わらなかった。僕がその翌日も進路指導室を訪れたからだ。

二日連続でやってきた僕を見て、先生は目をぱちぱちさせていた。

「どうした？　まだ心配なことがあったか？」

「いえ、なにかお手伝いすることはないかな、と思って」

そう告げると、先生の顔がぱっと明るくなった。

「本当か！　きょうも早く帰れるぞ！」

こうして僕は進路指導室に足を運ぶようになった。

僕が無個性で勉強ができない劣等生であることには変わりないけれど、先生が言ったように勉強以外のことなら特別な人間になれるかもしれない。いつかは自信を持てるかもしれない。

そのように考えて、僕の日常は少しだけ変化した。


それから一年ほど経ち、柴戸先生は僕の担任ではなくなったけれど、いまもこうして手伝いを続けている。

自信がついたかは怪しいけれど、この積み重ねが活《い》きる日が来ると信じている。だからきょうもコツコツと雑用をするのだ。

「先生、きょうは面接室を使っても大丈夫ですか？」

「おう、空いてるぞ」

進路指導室は面接練習用の小部屋と繋《つな》がっているのだけど、だれもいないときはその場所を自由に使っていいことになっている。雑用の対価だ。

先生から渡されたプリントとファイルを抱え、面接室の扉を開けた。

ごく狭い部屋のなかは、二人掛けのソファが向かい合わせになっていて、その間にはローテーブルが配置されている。

ソファは昼寝にも使えるため、この報酬は地味にうれしい。

僕は浅くソファに腰掛け、雑用を始めた。

きょうはファイリングするだけなので、それほどめんどくさくない。日付だけ間違えないようにしながら、プリントをファイルに収めていく。

作業を始めてすぐのこと、唐突に面接室の扉が開けられた。柴戸先生だと思って顔を上げると、なぜか佐古さんがいた。

「見つけた！」

佐古さんのスカートは相変わらず短いままで、その太ももに目を向けないように気を付けながら声をかけた。

「どうしたの？　用事？」

「部活までちょっと時間があるから、津吉くんとお話でもしようかなって。邪魔じゃない？」

「大丈夫だけど……」

答えておきながら不思議に思う。佐古さんなら友達もたくさんいるので、わざわざ僕のところに来る必要なんてないはずだ。

「なにやってるの？」

佐古さんは訊《たず》ねながら僕の正面に座った。

「先生からの頼みごとだよ。ファイルに詰めるだけなんだけど」

「相変わらずがんばり屋だね。さすが津吉くん」

「まあ、これくらいしかやれることがないからね」

取り留めのないことを話していると、おもむろに佐古さんが話題を変えた。

「ところでさ、きょうの私、いつもと違うと思わない？」

ファイルを落っことしそうになった。

スカート丈のことだ、とすぐに思い当たる。やっぱり太ももを見ていたことに気づかれていたのだ。

背中に嫌な汗が伝う。でも誤魔化しは利《き》かないだろう。

思い切って指摘した。

「スカートを短くしたこと？」

「やっぱり気づいてたんだ。私のこと、ずっと見てたもんね」

バレていた！　手汗がにじんできたけれど、悟られないように作業を続ける。

もう手遅れかもしれないけれど、努めて冷静に言い返した。

「だれだって気づくよ。大きな変化なんだから」

「そうだよね。こんなに短くしたら、津吉くんならもちろん気づいてくれるよね」

いたずらっぽい声が耳をくすぐり、僕の顔はだんだんと熱くなってきた。

「佐古さん、もしかして僕のことからかってる？」

「さあ、どうでしょう」

確信犯としか思えないような口ぶりだった。

佐古さんがスカートを短くしたのは、僕のことをからかうためだったのだろうか。

僕は息を吸って脳に酸素を回すと、ファイリング作業に集中した。いま佐古さんと目が合うと、さらにいじられてしまう気がしたからだ。

その思惑を見透かしたように、佐古さんは甘い声を漏らす。

「津吉くんはさ――」

佐古さんがゆっくりと脚を組んだ。そのきれいな脚を見せつけるような、艶《なま》めかしい動きだった。

「――長いスカートと短いスカート、どっちが好き?」

脚が組まれたせいでスカートがずり上がっていた。正面を向いたら見えてはいけないものが見えてしまうかもしれない。

僕は視線をプリントのほうに縛り付け、絞り出すように答えた。

「長いほう」

「どうして?」

「……真面目そうに見えるから。佐古さんには長いほうが絶対に似合う」

「へえ……ふぅん……」

見栄《みえ》っ張《ぱ》りなことは自覚していた。僕が男子である以上、短いスカートを目で追ってしまうのは当然の道理なのだ。

しかし、佐古さんの太ももは目に毒だ。いまの佐古さんと話すときは、視線をどこに置

いていいかわからない。だからどうか、スカートを元に戻してほしかった。

「本当に長いほうがいい？」

目の前で佐古さんが脚の左右を組み替えた。かなり際《きわ》どい動きだった。

視線が吸い込まれそうになったけど、鋼の意志で目を伏せる。

「絶対に長いほうがいい」

断固として言い切った。

「あ、時間」急に佐古さんが立ち上がった。「残念、部活に行かなきゃ。またね」

「うん、また……」

やっと一息つける。安心して脱力していると、佐古さんが扉の前で立ち止まった。

「津吉くんは長いほうが好きらしいから、明日も短くしてくるね」

佐古さんはにこりと笑い、ターンして部屋から出ていった。

「どういう意味だ……？」

長いほうがいいと答えたのに、短くすると言っていた。わけがわからない。

結局、佐古さんがスカートを短くしてきた理由は不明なままで、去り際の言葉でさらに謎が深まってしまった。

僕はスマホを取り出し、拓海とのトーク画面を開いた。

『きょうの朝に提唱していたスカート丈理論、たぶん間違ってるよ』

拓海なら佐古さんのスカートの謎を解いてくれるかもしれない。そう祈って送信ボタンを押した。

◇◇◇

梅雨という季節柄をすり抜けたきれいな夕焼けだった。

住宅街を縦断する川は水量が増えていたけれど流れは穏やかで、夕日を照り返してきらきらと光っている。

吹奏楽部の練習はそれなりにハードだったけれど、夕方の心地よい風に吹かれていると、疲れを忘れられそうだった。

「町香、もう立ち直れた？」

川沿いの道を歩きながら真由子《まゆこ》――西田真由子が言った。

「うーん、まだ怪しいかな」

真由子はパートが違うから知らないかもしれないけれど、まだ私の吹くフルートは細くて枯れそうな音を出していた。あまり身が入っていない証拠だ。

真由子が私の顔をのぞき込む。

「津吉とはうまくやれてる？　いろいろと大胆なことしてたけど」

「手応えアリってかんじかな」

「ふうん」

真由子とは付属中学からずっといっしょだから、恋愛に関することだってたくさん話してきた。私にとって最も信頼できる友達だ。

「そういえばさ、真由子って津吉くんのことは珍しくダメって言わないよね」

「なに？」

「ほら、いつも『あの男はやめとけ』とか言うじゃん」

私は過去に何度か告白を受けたことがあったけれど、真由子に相談すると、いつも「断れ」の一点張りだった。

「津吉はいいやつだから許す。私が保証する」

「その心は？」

「前にも言ったじゃん」

「どんなふうに言ってたっけ」

「一年生のときに同じクラスだったから知ってるけど、津吉って委員会とか文化祭になるとめちゃくちゃがんばるんだよね。偽善ってわけでもなくて、本当にクラスのために行動してるかんじがして、いいやつだなって」

「なんとなく想像できるなあ。津吉くんらしい」

「津吉ってクラスの隅にいるような地味なタイプのくせに、やるときはやるから浮いてるわけじゃないんだよね」

きょうの放課後も津吉くんは進路指導室で先生のお手伝いをしていた。

作業自体は簡単でも、自主的にだれかに手を貸すことは難しい。津吉くんには、それができる優しさがあるのだ。

「もしかして、町香が津吉のこと好きになったのってそのあたりが理由？」

真由子がニヤニヤしながら言った。

「もう、やめてよ」

ちょっと頰が熱くなるのがわかった。

パタパタと手で扇《あお》いで顔を冷ましていると、真由子が訊ねてきた。

「そういえば、スカートを短くした効果はあった？」

「あったよ。津吉くん、長いスカートのほうが好きだって言ってたし、短くしてきて正解だったよ。私と話しているときもそっぽ向いてたし」

「恥ずかしがっていただけじゃないの、それ」

「そんなことないって」

真由子が呆《あき》れたようにため息を吐《つ》く。

「やっぱり町香のアプローチの仕方は変だと思う」

「そう？」

「『完璧だから』って理由で振られたからって、ダメ女を目指す必要はなくない？」

「だって、そうしないと津吉くんは付き合ってくれないし」

「町香は素直すぎるんだよ。言葉通りに受け取らず、もっとふつうにアプローチすればいいのに。町香は勉強できるのにこういうところはバカだから」

「バカじゃないって」

「あのねえ、素直で真面目なのはいいことだけど、町香の場合は度が過ぎるんだよ。信頼できるひと相手ならなおさらじゃん。多少は自覚してるでしょ？」

「それはそうだけど……」

私は昔から絵に描いたような「真面目ちゃん」だった。真由子はそういう私の性格をよく知っている。

「とにかく、津吉と付き合いたいなら変なことはしないほうがいい」

「えー。けっこういけそうなんだけどな」

「それ気のせいだから……」

真由子のため息が連続した。

きょうだってじゅうぶんに手応えがあったのだ。完璧なイメージを崩せば、津吉くんは私を認めてくれるはずなのだ。

それでも真由子は首を横に振る。

「慣れないことしないほうがいいと思うけどね。スカートを短くするのはいいけど、動き方がだいぶ危なげだったし」

「私より短くしている子いるから大丈夫」

「あいつらは短いスカートでの動き方を習得してるんだよ」

「私だって多少は気を付けていたし」

ああもう、と真由子が髪をかきあげた。そして、目線を斜め下にやりながらボソッと呟《つぶや》いた。

「……水色」

「水色？」

「きょうの町香のパンツの色だよ！　そんなに短くしてるんだしショートスパッツ穿《は》いて

ると思ってたよ！」

「い、いいい、いつ見たの⁉　というかきょう水色だっけ⁉」

「覚えときなよ！」

ひょっとしたら、進路指導室で津吉くんに見られていたかもしれない。見えないようにぎりぎりを攻めたつもりだったけれど、見られていたらどうしよう……。

「一応訊《き》いておくけど、明日もスカート短くしてくる気？」

「元に戻します……」

「よろしい」

夕日が山に差し掛かって、見慣れた川沿いの道は闇に沈み始めていた。

これなら顔が赤くなっていることに気づかれなさそうで、私はほっとした。

六月二十一日

短いスカート作戦はそれなりに有効だった、と思う
津吉くんは長いスカートのほうが好きらしいから、これで正解だ

でもパンツを見られたら津吉くんと顔を合わせられなくなるから、明日からはこれまで通りの丈に戻そうと思う

あと、真由子が言っていた通り、きょう穿いていたパンツは水色だった

なんてこった

四話

朝の五時半から始めたお弁当作りはいよいよラストスパートだった。おかずを作り終え、あとは詰め込むだけだ。

私は自分でお弁当を作ることがあるけれど、きょうは自分のぶんだけではなく津吉《つよし》くんのぶんも作っている。そのためにお父さんの弁当箱を借りた。

手作り弁当なんて大胆なアプローチだってことは自覚している。でも、私はなりふり構っていられないのだ。

それに、きょうは滅多にないチャンスが回ってくる。

津吉くんはいつも伊坂《いさか》くんと食堂で昼食を摂《と》るけれど、きょうは伊坂くんが野球部の用事でいなくなるはずだ。だからお弁当を渡しやすい。

そうこうしているうちにお弁当が出来上がった。紺色の弁当箱が津吉くんので、ひと回り小さい黄緑色のほうが私のだ。

ちなみにいつも通りお弁当を作ったら女子力アピールになっちゃうから、あえて変な味付けをしてある。つまり、女子力の低さをアピールするためのお弁当になっている。

「ふふふ」

津吉くんの反応が楽しみで、つい笑みがこぼれた。

このお弁当を食べれば、きっと私のことを「完璧だ」なんて言えなくなる。

私はうきうきしながら弁当箱を巾着で包んだ。

◆
◆
◆

四限の終わりを告げるチャイムが鳴った。

先生が退室すると、みんなお弁当を広げ始め、ひとによっては食堂や購買に向かった。

「拓海《たくみ》、授業終わったよ。食堂行こう」

「ん、ああ……」

拓海は授業中に寝るのが上手《うま》くて、なぜか先生に注意されない。号令のときも座って寝たままだった。

拓海は寝ぼけ眼を擦りながら立ち上がる。

「おれグラウンド行くから。悪いな」

「あ、水抜きか」

「昨日の雨はひどかったからな」

水抜きというのは、グラウンドの水たまりをスポンジや雑巾で吸い取る作業のことだ。限られた練習時間を有効に使うため、昼休みにやっておくらしい。野球部は大変だ。

拓海が教室を出ていったので僕はひとりになった。大雨の翌日はいつものことだから、さして気にすることではない。購買でパンでも買ってこよう。

僕も椅子から立ち上がって廊下に出ようとすると、背後から声がかかった。

「津吉くん、待って」

振り返ると、佐古《さこ》さんが弁当箱を持って追いかけてきていた。そして右手に持った巾着の包みを真っすぐに突き出す。

「これ、お弁当作ってきたの。いっしょに食べよ?」

手作り弁当！　しかも料理ができると噂《うわさ》の佐古さんのお手製だ。これ、本当に僕が食べてもいいのだろうか。

しかし周りに目を向けると、喜んでいる場合じゃないことに気づく。クラスメイトの視線が僕らのほうに集中していたのだ。

男子の目はみんな刃物のように鋭い。嫉妬とか殺意とか、そういう類のやつだ。

一方で女子は好奇の目で見ていた。あることないこと噂されていそうな気配がぷんぷんする。

とにかく早く教室を出たくて仕方なかった。こんな空気のなかで食べたらまともに消化もできないだろう。

僕は紺色の包みを受け取って廊下に出ると、佐古さんを手招きする。

「こっち来て。お昼を食べるならいい場所があるから」

お昼休みの進路指導室は幸いなことに無人だった。たぶん柴戸《しばと》先生はどこかに食べに出ているのだろう。

僕は面接室の電気をつけてソファにお尻を沈めた。佐古さんも正面に座る。

いまさらだけど、佐古さんがスカートを短くしてきたのは一日限りだった。短くしてくると断言していたけど、なぜか元通りになっていた。

「ここってお昼を食べてもいいの？」

佐古さんが部屋を見渡しながら言った。

「ぜんぜん大丈夫」

本当は飲食厳禁なんだけど、柴戸先生は細かいことで怒らないから問題ない。

それに僕は先生の悪行をすべて把握しているから、実際は向こうのほうが立場が弱い。

だから怒られても平気なのだ。

「ならよかった！　早く食べよ」

弾むような声で言うと、佐古さんはお弁当の包みをほどき始めた。

僕は弁当を開ける前に気になっていたことを訊いた。

「これ、本当に僕がもらっていいの？」

佐古さんから手作り弁当をもらえること自体はすごくうれしいことなんだけど、一度は振った女子からもらうのは悪いような気がする。

念のため確認しようとしただけだったけれど、佐古さんはピタリと手を止めて悲しそうに訊き返した。

「いらないの……？」

タレ眉が余計に垂れ下がって、しゅんとしてしまった。

「いえ！　いただきます！」

そうだよね、わざわざ作ってきてくれたのに食べないのは失礼だ。変に詮索せずにおいしく食べるべきだ。

僕は包みをほどいて二段弁当を広げた。

「おお……！」

佐古さんのお弁当は、とても食欲がそそられるものだった。

からあげ、卵焼き、おひたし、焼き鮭《じゃけ》、ポテトサラダの五品。定番にして王道のおかずが所狭しと詰め込まれていて、宝箱みたいなお弁当だった。

白ご飯のほうはのり弁になっていて、こっちもおいしそうだ。

「これ、佐古さんが作ったんだよね？」

「そうだよ」

「すごい……！　こんなにおいしそうなお弁当、初めてだよ」

「ふふ、ありがと！　早く食べて」

「いただきます！」

お箸を手に取り、まずは好物のからあげをつまみ上げた。

佐古さんはきらきらした目を僕のほうに向けていた。そんなに見つめられると食べにくいけど、それくらい食べてもらうのを楽しみにしていたのだろう。

こんなにおいしそうな見た目をしているなら、味も期待できるはず。僕は意気揚々とからあげにかぶりついた。

奥歯で噛《か》み締めるとサクッとした食感がして、なかから肉汁が飛び出す。その肉汁がジューシーでおい……おいし……おいしくなかった。というか不味《まず》かった。

肉から出るのは肉汁と決まっている。そのはずなのに、このからあげの汁は漢方薬と同じくらい苦い。肉汁なのに肉汁の味じゃない。じゃあこれは何汁だ？

苦みに耐えながら咀嚼《そしゃく》したけれど、噛めば噛むほど謎の苦い汁が出てきて口内が汚染されていく。まるで粉薬を飲むのを失敗したときみたいだ。

「どう？　おいしい？」

佐古さんはものすごくいい笑顔をしていた。

フォローのしようがないくらい不味いけれど、悟られるわけにはいかない。一生懸命に作ってきてくれたのだから、不味そうなリアクションをして傷つけたくない。

「うん、すごくおいひい」

ひとまずそう答えて、ごくりと飲み込む。

からあげだけ不味かったという可能性もじゅうぶんにあり得る。ほかのおかずがおいしいなら、余裕で食べきれるはず。

なら、次は卵焼きだ。きれいな黄金色をしていて形も整っている。おいしそうだ。

お箸でつまんで口元まで運んだとき、僕の手は止まった。

腐臭がする。顔の前に持ってきただけでにおいがわかるくらい、強烈な腐臭だ。

なんで？　わざわざ腐った卵を使ったの？　これ、食べても大丈夫なやつ？

「どうしたの？　手が止まってるけど」

佐古さんがきょとんとした顔をした。

手を止めたら不味いことに気づかれてしまう。食べなきゃ！

思い切って口のなかに放り込んだ。

なんとなく予想できていたけど、口に入れたとたんに腐ったにおいが鼻腔《びこう》を内側からぶっ刺してきて、吐き気がこみ上げてくる。

見た目はふつうの卵焼きなのに、腐っているとしか思えない。

「卵焼き、も、おいしい、よ……」

「ほんとに？　うれしい！」

ひとつ幸いなことがあるとすれば、僕が食べているときに佐古さんがうれしそうにしてくれていることだ。この笑顔が曇ることがないよう、最後まで食べきらないといけない。

おかずはまだ数品ある。この流れからして、残りも壊滅的な味をしているはずだ。

口直しをしようと思って白ご飯に手を付けることにした。のり弁になっているけれど、さすがにのり弁ならまともな味をしているだろう。

しかし口に入れた瞬間、見通しの甘さを悟った。のりが異様に臭いのだ。

青臭いというか磯《いそ》臭いというか、知っているにおいではあるけどとにかく致命的に臭い。海で嗅いだことのあるにおいのような気がするけど、とにかく鼻がひん曲がりそうになる臭さだ。

鼻をつまみたくなるのを堪《こら》えながら必死に咀嚼していると、なんのにおいに似ているか思い出した。海のゴミの溜《た》まり場だ。

海水浴場の堤防付近は波が穏やかだからゴミが溜まる。あの場所と同じようなにおいがするのだ。

のり弁すら不味い。白米に逃げることすら許してくれないらしい。

佐古さんを悲しませたくないから食べきろうと覚悟していたけれど、なんだか厳しいような気がしてきた。まだ三口しか食べていないし。

ぎゅるる、とお腹《なか》が嫌な音を立てた。

「ふふ、津吉くんお腹が鳴ってる。お腹すいてたんだね」

「そうそう。腹ペコで……」

流れるように嘘《うそ》をついた。この腹の音は不調を来しているときのやつだ。明らかに胃腸の調子が悪い。

「このお弁当だけで足りる？　ふだんの津吉くんの食べる量を知らなくて」

「ああ、うん。足りると思う」

できることならもう一口も食べたくない。このお弁当は死人が出てもおかしくないくらいの破壊力がある。

でも、佐古さんの悲しむ顔を見るほうが辛《つら》い。僕はすでに一度告白を断って佐古さんを傷つけた。どんな状況であれ、二回目は絶対に避けたい。

意を決して箸を握った。やるしかない。

おかずや白飯に片っ端から食らいついた。

食べ進めるほど口のなかが汚染されてきて、味覚がどうにかなってしまいそうだ。舌はしびれ、目尻には涙が溜まり、いつの間にか呼吸すら荒くなってきている。

そしてお弁当の残りが三分の一くらいになったとき、いよいよ身体《からだ》が限界になっていることを悟った。お腹に焼けるような痛みが走ったのだ。

ちょっとした腹痛とはレベルが違う。胃が内側から食い破られようとしているような、まったく経験したことがない痛みだった。

額には玉のような汗が浮かんできて、僕は歯を食いしばる。

「もしかしておいしくない？」

ぎくり、と背筋が凍る。

さすがに顔に出ていたか。

「いやいや、おいしいよ」

「でも辛そうだよ？　本当はおいしくないんでしょ？」

「い、いや本当においしいんだって。高級料亭くらい」

腹痛に耐えるのに必死でフォローが雑になった。

佐古さんはにまにましながら僕を見る。

「いいんだよ。おいしくないって言っても」

なんで佐古さんは笑顔なんだ？　不味いと思われたら悲しむものじゃないのか。

「いやもう本当においしいんだってば」

「ふうん。素直に認めちゃえばいいのにね」

やっぱり佐古さんは楽しそうにしている。僕が意地を張っていると知ったうえで、からかって遊んでいるのか。

机の上を見ると、ふと気づくことがあった。佐古さんはまだ自分のぶんのお弁当に手を付けていなかったのだ。

「佐古さんは食べないの？　昼休み終わっちゃうよ」

僕は冴《さ》えていた。

佐古さんが自分でお弁当の不味さに気づいてくれれば、僕は残りを食べずに済むのではないか。

そう期待して訊《たず》ねたのだけど、佐古さんは明るい笑顔で切り返す。

「私はあとでいいかな。いまは津吉くんがお弁当を食べているところを目に焼き付けておきたいから」

焼き付けなくていい！　頼むから一口食べて味を確認してくれ！

「午後の授業もあるんだし、佐古さんも食べないとお腹減るよ」

「私、そんなに食べるほうじゃないから大丈夫だよ」

僕のお腹が大丈夫じゃないんだよ！

お弁当は残り三分の一。胃腸はすでに断末魔に似た悲鳴を上げている。

勇ましくお箸を構えてみたけれど、防衛本能が働いているのか腕が動こうとしない。

石像のように固まる僕を見て、佐古さんは鼻から息を吐く。

「ふふ、やっぱり食べたくないから固まってるのかな？」

その笑顔は、もはや嗜虐《しぎゃく》的にすら見えた。

「そんなことない。めちゃくちゃ食べたい」

口では断言しておきながら、やっぱり僕の手は動かない。

「それじゃあさ」佐古さんが頰を染めながら口角を上げた。「『あーん』してあげる」

「へ？」

するりとお箸が奪われた。

佐古さんは「どれにしようかなあ」と言いながら卵焼きをつまみ上げる。

「はい、あーん」

にっこりしながら卵焼きを差し出す佐古さん。

おしゃれなカフェとかでカップルがやっているやつだ。僕みたいな男子からしたら憧れのシチュエーション。

でもその卵焼きは腐った味がするやつだ。僕は騙《だま》されないぞ。

「そういうのって、付き合ってるひととやるものでしょ」

「だれも見てないからいいの。ほら、あーん」

卵焼きが鼻先に突き出されて、腐臭が鼻をつく。

「津吉くんは優しいから、食べてくれるよね」

「いや、優しくないよ」

「私の告白を断ったときも、優しく丁寧に振った理由を教えてくれたもんね」

「うぐ」

やめてくれ。その話題を掘り返されるのには弱いんだ。

「はい、あーん」

かわいい女子にお弁当を食べさせてもらっているという絵面なのに、あまりうれしく思えないのはなんでだろう……。

だんだんと佐古さんの笑顔が昏《くら》く危ういものになってきていた。まるでマッドサイエンティストだ。

「あーん」

早く食えと言わんばかりに卵焼きが唇に押し当てられる。

諦めた僕は一口でかぶりつき、ほとんど噛まずに飲み込んだ。同時に衝撃的な胃痛に打ちひしがれる。

「次はどれにしよっかなあ」

もう勘弁してと言いだせるはずもなく、次から次へと僕の口へとおかずが運ばれてくる。

僕はもう腹痛に耐えるのに必死で、だんだんと無心になっていった。その傍《かたわ》ら、佐古さんはますます笑顔になっていった。

もうとにかく吐き出さないことに集中した。身体はすでにぶっ壊れているから気にしても仕方ない。佐古さんの前でみっともない姿を見せないことだけに注力しよう。
やがてお弁当も残りわずかとなり、最後の一口になった。
佐古さんはのり弁のご飯つぶを丁寧に集めて、僕の口へと持ってくる。
「あーん」
「あ、あーん……」
錠剤のごとく丸呑《まるの》みにした。
そしてついにお弁当が空になった。僕は戦い抜いたのだ。
なんとか佐古さんを傷つけずに済んだ……。
安心したとたん嘘みたいに腹痛が収まった。いや、痛みを感じなくなっただけだった。
味覚と痛覚がどこかへ行ってしまい、同時に意識も遠のいていく。
ぷつりと思考が途絶え、僕はソファに倒れ込んだ。

◇　◇　◇

結論からいうと、津吉くんはちゃんと生きていたし救急搬送されたりしていなかった。
でも五限はトイレで過ごしていたし六限からは保健室に移動していたらしい。

放課後になっても完全回復とはいかなかったらしく、まだベッドで寝込んでいると聞いて、真由子《まゆこ》といっしょに見舞いに行こうとしていた。

津吉くんが倒れたあと、真由子とふたりで例のお弁当を試食した。結果、不味《まず》いという次元を通り越して人間の食べものじゃなかった。いや、動物のエサとしても成立していなかった。

冷たい廊下を歩きながら、真由子は苛立《いらだ》たし気に声を上げた。

「あのお弁当、津吉はぜんぶ食べきったんだよね？」

「うん……」

正確には無理やり食べさせたのだけど。

あのとき、ちゃんと不味そうなリアクションを取ってくれたことがうれしくて、津吉くんの顔色が悪くなっていることに気づけなかったのだ。

「町香《まちか》さあ、相当ヤバいことやったよ」

「わかってるってば……」

私と真由子が試食したときは、ふたりとも吐き出さずにはいられなかった。トイレに行って口をゆすいだけど、いまも口のなかには変な味が残っている。

おかげで真由子はずっと機嫌が悪くて、目が尖《とが》っていて少し怖い。

「町香は限度ってものを覚えたほうがいい」

「あんなに不味いと思わなかったんです……ごめんなさい……」

保健室に着くと、ちょうどなかから伊坂くんが出てきた。

「佐古と西田《にしだ》か。おれ部活あるから。じゃな」

それだけ言うと、背中を向けて駆けて行った。

友達を保健室送りにしてしまって、伊坂くんにも悪いことをしてしまった。

「ほら行ってこい。殺人未遂女」

真由子が保健室のドアを指差した。

私はひと呼吸置いてからドアを開けた。その瞬間、どこか懐《なつ》かしさを覚える消毒液の匂いが鼻を刺した。

「あの、津吉くんのお見舞いに来たんですけども」

「はいはい。そこのベッドね」

「ありがとうございます」

養護の先生にベッドの場所を教えてもらい、カーテンの前に立つ。

怒られるかもしれないし責められるかもしれない。それでも、ちゃんと謝らないといけない。

目を閉じて気持ちを落ち着けてからカーテンの向こうに声をかけた。

「津吉くん、佐古です。いま大丈夫？」

「どうぞ」

カーテンを開けると、生気の消え失《う》せた顔が真っ先に目についた。津吉くんの弱った姿が私の目に刺さる。

「津吉くん！　私、言わないといけないことがあって――」

「大丈夫、おいしかったよ」

被《かぶ》せるように津吉くんが言った。

津吉くんの優しさは底がなかった。私には殺人弁当を生み出してしまった罪があるのに、それすら赦《ゆる》そうとしてくれている。

でも私はちゃんと頭を下げるつもりでここに来ている。津吉くんの優しさに甘えてはいけない。

「あんなお弁当のどこがよかったの……？」

「からあげが冷めてるのにカリカリだった。あと卵焼きがすごくきれいに巻かれてた」

「ほかには？」

「ポテトサラダのじゃがいもの潰し加減が絶妙だった」

「ほかは?」

「焼き鮭《じゃけ》の骨がきれいに取られていて食べやすかった」

味について全く言及してないじゃない!

でも、味以外によかったところをたくさん見つけられるのはさすがだと思った。

やっぱり津吉くんはふつうの人が素通りするようなことに気づけるひとなのだ。

ふと、私のなかで小さな欲が芽吹いた。

本気でおいしく作ったお弁当を津吉くんに食べてもらいたい。本当はおいしいお弁当を作れるのだと知ってほしい。今度こそ心から「おいしい」と言ってもらいたい。

私は身を乗り出して、津吉くんの耳元に顔を寄せた。

このカーテンのなかにはふたりきり。この状況なら臆することなく私のお願いを言える。

「もう一度、チャンスが欲しいの」

「チャンス……?」

「うん。もう一度だけ、私にお弁当を作らせてほしい」

そう告げた瞬間、津吉くんの顔がいっそう青白くなった。そして、両手で口を押さえて震えだす。

「あ、あのお弁当を………もう一度………?」

寒気と吐き気を同時に催したかのように、津吉くんの歯がかちかちと鳴った。

その反応を見てすぐにわかった。津吉くんは私のお弁当がトラウマになっているんだ。

きっと、もう私のお弁当を食べてもらえる日は来ないんだ。いっしょに楽しいお昼休みを過ごすことができないんだ。

思い描いていた幸せな映像が、砂の城のように崩れ去った。

「ごめん、ごめんねっ……」

私はカーテンを払いのけて保健室から飛び出した。

「町香⁉　どうしたの⁉」

背後の真由子の声を無視して駆け出す。

「うわあぁーん」

私の間抜けな泣き声が廊下に響いた。

六月二十九日

「女子力低いアピール大作戦」は成功した

もう津吉くんのなかには「完璧な佐古町香」はいないはずだ
けれども、私の手作り弁当は二度と食べてくれないだろうな
作戦は成功したのにすごく悲しい
なにやってるんだろう、私

五話

四月の初旬、つまりいまから二か月ほど前。二年生になってすぐのことだったと思う。

廊下の窓からは校庭の桜が見え、その木の下を運動部員たちが掛け声とともに駆け抜けていく。そのランニングの列には新入生の姿も混じっていた。

部活に所属していない僕は、この日も柴戸《しばと》先生の雑用を受けていた。珍しく進路指導とは無関係な仕事だ。

目的地は一年五組。柴戸先生が新しく担任になった新入生の教室だ。

ついこの前まで一年生だったこともあり、迷うことなく五組の教室を見つけた。

窓からなかをのぞき込むと、ひとりの女子生徒が譜面台を用意しているところだった。この教室は吹奏楽部の練習場所になっているらしい。

入っていいのか逡巡《しゅんじゅん》していると、その吹部部員が見知った生徒だと気づいた。二年から同じクラスになった佐古《さこ》さんだ。

僕は新しいクラスメイトの名前をあまり覚えていなかったけれど、佐古さんの名前は一年生のときから知っていた。

佐古さんはクラスをまたいで噂《うわさ》を聞くくらいに有名で、男子は口を揃《そろ》えてかわいいと言うし、テストの順位はいつも学年一桁だ。

容姿端麗、学業優秀、品行方正。その完璧な三拍子を揃えているのが佐古さんなのだ。とはいえ僕が一方的に佐古さんを知っていただけで、言葉を交わしたことはない。ただのクラスメイトだ。

でも顔を合わせたことがある相手なら、いくぶんか教室に入りやすい。僕はゆっくりと扉を開けた。

「どうも……。ちょっとこの教室に用事があって、すぐ済むから気にしないで……」

小声で言い訳を述べてそそくさと移動した。やっぱり気まずい。

佐古さんがこっちを向いて、目が合った。

「あ！　津吉《つよし》くんだ」

名前を呼ばれてびっくりした。僕は新しいクラスでも地味な立ち位置にいるから、名前を憶《おぼ》えてもらえるのはいちばん最後だと思っていたのに。

「もうクラス全員の名前を憶えたの？　早いね」

「ううん、まだ。でも、津吉くんの名前はすぐに憶えたよ。美化委員でしょ」

「すごい。よく憶えてるね」

佐古さんが言った通り、僕は新クラスの美化委員になっていた。進路指導部の雑用だけでなく、委員会などの学外活動もやってみようと思ったからだ。

「委員会を決めるとき、津吉くんはいちばん乗りで立候補していたでしょ。だから印象に残ってたんだ」

たしかに真っ先に美化委員に立候補したけど、そのことを改めて指摘されると恥ずかしくなる。

「なにかしら委員会はやるつもりだったんだ。でも花形の委員会を取ったらみんなに悪いし、人気がないやつになろうと思って」

大きな行事に関われる文化委員や体育委員あたりは、僕みたいなのが立候補すると空気が冷めてしまう。だから僕なりに配慮したうえで人気のない美化委員を選んだのだ。

しかし、佐古さんは苦笑いしながら腕を組む。

「うーん、でもやる気があるひとがやるべきじゃないかな。花形かどうかとは関係なくね。私なんて、気づいたら学級委員になってたし」

佐古さんは新クラスの学級委員になっていた。クラスのまとめ役になる花形だ。

でも、だれかが「佐古さんが適任だと思う！」と言ったことでムードが形成され、佐古さんは学級委員に押し上げられていた。

「津吉くんのこと、すごいなあと思いながら見てたんだよ。ああいう決め事って、みんなけん制し合ってなかなか自分から言い出せないでしょ？　だから、いちばんに自分の意志を表明するのって難しいと思う」

「そんな特別なことはしてないよ」

「私にとっては特別だよ。本当にすごい」

謙遜しておきながら、褒められて喜んでいる自分がいる。人気者の佐古さんから認めてもらえる機会なんて、滅多にないことだろう。

「それで、津吉くんはどうしてこの教室に？　美化委員の仕事？」

佐古さんに問われて用事を思い出した。

「そうだ。雑用を頼まれていたんだった。掃除用具の数が足りてるか確認しなくちゃいけなくて」

僕はロッカーを開けて掃除用具をすべて引っ張り出し、床に並べていく。

佐古さんは椅子から立ち上がり、僕の横で中腰になった。

「手伝うよ？」

「ううん、すぐ終わるから大丈夫」

「ほかのクラスもやるんじゃないの？」

「ううん、この教室だけ」

「え？　ここ一年生のクラスだよね」

「ええっと、これって実は各クラスの担任がやる仕事なんだよ。このクラスの担任は柴戸先生なんだけど、代わりにやってくれって言うから……」

「そうなの？　かわいそう……」

「いや、雑用は自主的にやってるよ。人助けって意外と気分がいいから」

「人助け……すごい……」

「でも柴戸先生がひどいひとなのは事実だよ。早く帰ることしか考えてないから」

ふふ、と佐古さんが微笑《ほほえ》んだ。

「さすが柴戸先生。噂通りだね」

「本当にね。しかもその噂ってだいたい真実だから」

僕もいっしょになって笑った。

柴戸先生の噂は全校に広まっているらしい。これを機に言動を改めてほしい。

「私からすると、津吉くんも噂通りだったけどね」

「え、なんか僕の噂ってあるの？」

もしかして、裏では悪口を言われていたりするのだろうか。

「ううん、私のなかで『噂の津吉くん』だっただけ。真由子《まゆこ》から話を聞いていたというのもあるけどね」

「ごめん、真由子ってだれだっけ……？」

「西田《にしだ》真由子だよ。一年のときに同じクラスだったでしょ？」

「あ、ああ、西田さんね」

苗字《みょうじ》を聞いて顔を思い出した。西田さんには失礼なことをしてしまった。

「とにかくね、津吉くんと話せてよかった。思っていた通り、すごいひとだったし」

「いやいや、学年トップクラスの天才の佐古さんと比べたら、僕なんて大したことないよ」

「私、ぜんぜん天才じゃないよ」

「いつもテストの順位一桁じゃなかった？」

「うーん、それはそうなんだけどね。……じゃあ、ちょっとこれを見て。あまりひとに見せるものじゃないかもしれないけど」

そう言いながら佐古さんは一度背を伸ばし、机の上に置いてあったノートを指差す。

「これね、部活前にきょうの授業の復習をしてたの」

「部活前？　そんな短い時間に？」

　いくらなんでもストイックすぎないか。新学期が始まってすぐだし、授業もそこまで難しくなっていないのに。

「私ね、本当にこれくらいやらないと成績をキープできないの」

「まさか……」

「本当だよ。……私が付属中出身なの知ってる？」

「うん、聞いたことある」

　佐古さんは付属中学からの内部進学だと聞いていた。

「中学に入学してすぐのときは落ちこぼれだったんだよ。初めての小テストは余裕で追試だったくらい」

　いまの佐古さんからは信じられない話で、僕は目を丸くした。

「そこからどうやって学年上位になったの？」

「あまりかっこいい話じゃないけど、親とか先生に言われたことをキッチリこなしただけだよ。集中して授業を受けて、予習復習と自主勉をやっただけ。学年順位が一桁になったのも高校に上がってからだから」

　佐古さんは簡単なことのように言ったけれど、僕はその偉大さをひしひしと感じていた。

勉学にも才能や素質は必要で、苦手なら人一倍努力しなければ好成績は勝ち取れない。そのことは西陣《にしじん》高校に入学してから嫌というほど思い知らされてきた。

だから僕には理解できた。

佐古さんは気の遠くなるような鍛錬をしてきた努力家だったのだ。その過程を無視して天才と呼ぶのは失礼にもほどがある。

「簡単に天才とか言ってごめん！」

「大丈夫だよ。気にしてないから」

「でも順位一桁ってものすごい努力の成果なんだよね？　一学期始まってすぐから全力で勉強するような……。そんなひとを軽々しく天才って呼んじゃダメだった。ごめんなさい」

「そんなに謝らなくたって平気だよ」

さらりと佐古さんは流してくれたけど、僕の気は済まなかった。

「佐古さんみたいに結果が出るまで努力することって、すごく難しいと思うんだ。どれだけ勉強しても結果が追いつかなかったら、すぐにがんばれなくなっちゃうから。だから、佐古さんの努力を否定するような言い方をしたのは、本当によくなかった」

この学校の上位にいるひとは、みんな特別な才能を持った天才だと思っていた。でも、佐古さんのように血のにじむような研鑽《けんさん》で上りつめたひともいるのだ。

佐古さんは意外なものを見たように、目をぱちぱちさせた。

「津吉くんは珍しいね。みんな結果だけ見て褒めるから、過程を褒められたのは初めてかも」

「だって、すごいことだと思うから」

「うん。だからちょっとうれしかった。ありがと」

佐古さんがはにかむように笑った。

その飾り気のない笑顔に一瞬だけ見惚《みと》れてしまったけれど、慌てて用具のチェックに戻った。進路指導室に帰るのが遅くなると柴戸先生に文句を言われてしまう。

佐古さんは僕の隣でまた中腰になった。

「ねえ、やっぱり手伝うよ。なにしたらいい？」

「いやいいよ。簡単な作業だから」

「それでもいいから手伝わせて」

「うーん……。じゃあ、確認の済んだ用具を戻してもらってもいい？」

「わかった」

やっぱり佐古さんは完璧だ。容姿端麗で、学業優秀で、品行方正で、そしてだれよりもがんばり屋だ。

なにごとにおいても平凡な僕では、とても敵《かな》う相手ではない。

そうとわかってはいるけれど、佐古さんみたいなひとには憧れてしまう。

「僕も佐古さんみたいにがんばれたらいいのにな」

「私は津吉くんみたいになれたらいいなって思ってるよ」

「え、僕なんかのどこがいいの？」

人差し指を口に当てて、佐古さんが口元を緩めた。

「ふふ、ないしょっ」

「ええ……」

気になって仕方ないけれど、佐古さんは教えてくれそうもなかった。

ふたりでやったおかげで雑用はすぐに終わり、最後に用具入れの扉を閉じた。

「手伝ってくれてありがとう。それじゃあ、僕は先生のところに報告に行くから」

「うん、またね」

たしか、佐古さんと喋《しゃべ》ったのはこのときが初めてだった。僕にとっては大事な記憶だ。

佐古さんは僕のことを「噂通《うわさ》り」と言っていたけれど、僕にとって佐古さんは噂以上だった。ただの天才だと思っていたけど、努力で結果をつかみ取った秀才だった。ないものねだりをしても仕方ないけれど、この日ばかりは佐古さんみたいになりたいと願ったことをよく憶《おぼ》えている。

甲高い電子音が頭を揺さぶり、夢から覚めた。開き切らない目でスマホを探し、アラームを切る。

「佐古さんの夢……」

告白を断ってからというもの、なぜか佐古さんのおかしな行動が目に付くようになった。前髪をばっさり切ったこと、スカートを短くしてきたこと、不味《まず》い弁当を無理やり食べさせてきたこと。

最初は佐古さんの奇怪な行動の理由を考えていただけだった。ほんの少し、佐古町香《まちか》という女子に興味を持っただけだったのだ。それなのに、気づけばいつも佐古さんのことを思い浮かべるようになっていた。

佐古さんが奇行に走っているときの表情は生き生きとしていて、いつでも思い出せるくらいかわいかった。

楽しそうに輝く目とか、いたずらっぽい口元とか、上気した頬とか、全部が鮮明に脳裏に焼き付いている。

こういう感情をなんと呼ぶか知っていた。もう自分の想《おも》いを誤魔化すことができる状態ではなくなっていた。

これまで佐古さんは憧れの対象だった。並外れた努力家として尊敬していただけだった。でもいまは違う。ひとりの女子として佐古さんに惹《ひ》かれている。一度は告白を断ってしまったけれど、それでも僕は佐古さんの隣に立ちたいと思うようになっていた。

完璧な佐古さんにふさわしい男子になりたい。こんな僕だけど、なんとかして佐古さんに近づきたい。

そのためには自信をつけなくちゃいけない。佐古さんの隣にいても恥ずかしくなくて、堂々としていられる男子になる必要がある。

問題は、どうやって自信をつけるか、だ。

これまでも自分を肯定するために雑用をやってきたけど、自信を持てないままだ。

自分を変えたい。でもなにをやればいいかわからない。

悶々《もんもん》とした感情を胸に押し隠しながら、僕はベッドから脚を下ろした。

その日の授業中は、ずっと佐古さんのことを考えていた。

佐古さんの隣に立つ資格が欲しい。完璧にはなれなくてもいいから、せめてひとつでも誇れるものを身に着けて、自信を持てるようになりたい。でも、やりかたがわからない。

そんな思考を延々と繰り返しているうちに、六限終了のチャイムが鳴った。

終礼もそこそこに放課後が始まり、いったん進路指導室に移動しようと鞄《かばん》を持つ。

隣の拓海《たくみ》も、大きな鞄を肩に掛けているところだった。

「津吉さあ、授業中ずっとため息がうるさかった」

「え、ごめん。無意識かも」

「あんな露骨な恋煩い、ふつうはやらねえだろ」

「そういうのじゃないって」

反射的に否定はしたけれど、僕のため息は恋煩いと同じだったかもしれない。

拓海は至って平然とした顔で訊《たず》ねる。

「ため息の原因はなんだ？　うるさいのは嫌だから、その悩みを解決しておきたい」

早く話せ、と拓海があごをしゃくった。

拓海は洞察力が高いから、僕の代わりに答えを導いてくれるだろうか。そんな期待をしながら訊ねる。

「自信ってどうすればつくと思う？」

「思い込めばいいだけだろ。『おれはすごい！』と」

「それはそうだけど、本当の意味で自信がついたとはいえないよ」

「本当の意味で自信がつくことなんてねえよ。上には上がいるからな。スポーツなんかで言えば、全国一位を争うレベルにならないと自分の強さに自信は持てないと思わないか？」

「そうだね、それくらい強くないと」

「でもな、地区予選でも試合に勝つやつは自信を持っている。矛盾しているように思えるかもしれないが、全国大会だろうが地区予選だろうが、試合で勝つやつは自信があるんだ」

「それじゃあさ……。あまり訊《き》き方はよくないけど、拓海は西陣高校の野球部に自信はある？」

西陣高校は進学校である以上、どの部活もそれほど強くない。野球部は例年だと一回戦突破が関の山だ。

日々懸命に練習している拓海には失礼な質問なのはわかっていたけれど、どう考えているのか気になって訊ねた。

拓海は顔色ひとつ変えず答える。

「いまのおれたちに自信はないな。でも大会が始まったら、自信を持って試合に臨むだろうよ」

「そんなものなの？」

「さっきも言ったが、自信は思い込みなんだよ。いざ戦うときになったら、これまでの努力の蓄積に『自信』という名前を付けるんだ。やることはやったから勝てるはずだ、と信じて戦うんだよ」

拓海の思考法は腑《ふ》に落ちるものがあった。

思えば高校受験のとき、模試の判定が悪くても「勉強したし合格できるはずだ」と自分に言い聞かせていたような気がする。

「そっか、思い込みなのか……」

「極論、いまこの場で自分のことを『すごい！』と思い込めたら、それは自信だ」

さも当たり前のことのように拓海が言ってのけた。

やっぱり拓海の聡明《そうめい》さは高校生の域を脱している。いい友人を持ったものだと痛切に思った。

僕がにわかに感動していると、拓海はずり落ちてきた鞄を肩に掛けなおした。

「こんなもんでいいか？　そろそろ部活に行きたい」

「時間取っちゃってごめん。だいぶ考えが変わった気がする。ありがとう」

「そうか、明日からはため息吐《つ》くなよ。幸せが逃げるし佐古も逃げるからな」

「ああもう、そういうのじゃないから」

もう見抜かれているな、と思いながら一応否定しておいた。

僕の悩みは直接的な解決には至らなかったけれど、「自信」というものへの解釈が一新した。おかげでもう少しで考えがまとまりそうな気がした。

相談が終わったと見て、拓海は「じゃあな」と一言告げ、グラウンドへ駆けて行った。

僕もひとまず進路指導室に行くことにした。


柴戸先生は珍しく業務に追われていて「棚の整理をよろしく頼む」と言ったきり、仕事に戻っていった。

先生にも相談しようかなと思っていたけれど、忙しそうだからやめておくことにした。

それなので、言われた通り本棚の整理を始めた。

進路指導室の本棚は図書館のように配列が決まっていて、生徒から返却された赤本や参考書を正しい位置に戻さなくてはならない。それが本日の作業だ。

僕は返却口に積まれていた本を抱えてきて、元の位置に戻していく。この雑用は慣れたものなので、だいたいの本の場所は把握している。

粛々と作業を進めながら、自分に言い聞かせるように独り言を呟《つぶや》いてみた。

「僕はすごい、僕はすごい、僕はすごい……」

拓海から「自信は思い込み」と聞かされて納得はしたけど、暗示をかけてどうにかなる話ではなさそうだ。

ぶつぶつ言いながら本棚と向き合っていると、生徒が入室してきた。だれかと思えば佐古さんだった。あんな夢を見たあとだったから、つい身構えてしまう。

以前より変に意識してしまうようになったから距離感が難しい。できるだけ自然な態度を心掛けながら声をかけた。

「佐古さん、なにか用事？」

「あ、津吉くんだ。きょうはふつうに進路の用事だよ」

佐古さんはラックのほうに行くと、大学のパンフレットの物色を始めた。すでに大学受験を意識しているらしい。

僕はそのようすを傍目《はため》に見ながら赤本を本棚に挿した。

戻す本も残り数冊となったところで、佐古さんが本棚のほうに顔をのぞかせた。

「返却された本を戻すのって、津吉くんがやってくれてたんだね」

「まあね。柴戸先生がめんどくさがるから」

デスクのほうから「やかましい」と声が上がり、佐古さんが笑った。

「私も参考書を借りたりしてたけど、ぜんぜん知らなかったよ。ということで、いつもお世話になっております」

佐古さんが仰々しく頭を下げた。

「いやいや、そんな大したことじゃないです」

僕もつられておじぎした。

その拍子に佐古さんが抱えているパンフレットが目に付いた。ものすごい冊数で、海外のものも含まれている。

「そんなに大学の選択肢があるんだね。さすがだ」

「うーん、単純に行きたい大学がないだけなんだよね」

「え、そうなの？」

「私って自分のやりたいことを考えてこなかったから、行きたい学部がないの。だからひとまずいろんな大学のことを知っておこうと思って」

「それで海外の大学も視野に入れているんだね」

「ああ、これね」抱えられたパンフレットのなかから一部だけ引き抜かれる。「ちょっと英語が得意だから考えてるんだよね」

「なんか英検がすごいんだよね？　一級だっけ」

「ううん、準一級。でもお父さんに勧められて受けただけで、英語が好きなわけじゃないから……」

声を尻すぼみにさせながら、佐古さんはパンフレットをスクールバッグにしまった。

「そっか……。大学選びって難しいんだね」

「でも津吉くんはすぐに決めちゃいそうな気がする」

「いやいや、僕も別に大学で勉強したいこととかないよ」

「津吉くんは自分でやりたいことを考えられるから、決めようと思えばすぐに決められるはずだよ」

「そうなのかな」

やりたいことなんて考えたことなかったけど。

「だってほら、いまも先生のお手伝いをしてるでしょ。そういう人助けって、津吉くんが自分の意志で選んでやってることだよね。そういうの、ふつうはできないことだと思うよ」

そんなに立派なことをやっているとは思えなくて、反射的に謙遜する。

「でも、しょせんは雑用だよ。だれでもできる」

「だれでもできることであっても、ちゃんと考えて選んだんでしょ。津吉くんはなんとなくで行動するひとじゃないから」

「そりゃまあ、理由はもちろんあるけど」

「聞かせて。雑用を始めた理由。どういうふうにして津吉くんがいまの津吉くんになったか知りたい」

期待に満ちた目で佐古さんが食いついてきた。でも先生を手伝うようになった理由は、あまりかっこいいものじゃない。

「けっこうくだらない理由なんだけどな……」

「それでもいいの。私は津吉くんのそういうところ、本当に尊敬してるから知りたいの」

そんなふうに言われたら断りようがない。

僕は観念してひと呼吸置き、口を開いた。

僕は中学生の頃からなにをやっても平均か、平均以下にしかなれなかった。だからダメな自分がどんどん嫌いになった。

どこかで諦めてもおかしくなかったけれど、僕は奮起した。なんとかして自分を変えたいと強く思ったのだ。

それから僕は必死に勉強するようになった。本当は自信を持てるなら勉強じゃなくてもよかったかもしれない。でも、僕はわかりやすい努力を勉強しか知らなかったのだ。

いま思い出してみても、あの頃は狂気的なほどに机にかじりついていたと思う。空いている時間はすべて勉強に使っていたはずだ。その甲斐《かい》あって、中学校の学年順位を高速で駆け上がり、有数の進学校である西陣高校に合格するに至った。

「でも高校からはダメダメで、また自信を失くしたんだ。だから、勉強の代わりに雑用をしているだけなんだ。人助けをしたいという気持ちもあるけど、結局はその程度だよ」

これまでの学生生活を整理してみると、どうしようもない日々だったと改めて思い知る。

挫折して、もがいて、それでも結果が出ずに追いすがってきた。みっともない過去だし、佐古さんには幻滅されただろう。

そう思っていたのに、佐古さんは柔らかい笑みを浮かべる。

「かっこいいな。自分を変えようとしてるとこ」

「変えようとはしてるけど変わってないよ。だから物は言いようなだけで――」

「でもそういうところはかっこ悪いと思う」

「へ？」

一転して佐古さんの口調が厳しくなった。

「私、津吉くんのことは本当にすごいと思ってる。でもね、自己評価が低くてうじうじしてるとこだけはかっこ悪い」

そんなことわかってる、と言いたくても口には出せなかった。

佐古さんに指摘されたことが思いのほかショックだったのだ。自覚はしていても、気になる女子から「かっこ悪い」と言われるのはダメージが大きい。

「それにね」と佐古さんが続ける。「たった一回の定期テストで挫折したのもよくないよ。そんな一度きりのことで自分を落ちこぼれだと決めつけちゃだめだよ。私、津吉くんのこと一生懸命なひとだって知ってるから、そんなふうに否定してほしくない」

そういえば、佐古さんも付属中に入ってすぐは落ちこぼれだったと聞いた。もとは、僕と佐古さんは同じ立場だったのだ。でも、佐古さんは絶え間ない努力の甲斐あって学年トップクラスに上りつめている。

やっぱり完璧な佐古さんには敵《かな》わない。そう思う一方で、隣に立ちたいと願う気持ちは膨らんでいく。

「僕は」意図せず言葉がこぼれる。「佐古さんみたいになりたいんだ」

佐古さんの目が見開かれる。

「私？　どうして？」

「努力して、結果を出して、自信があって、そんなふうになりたいんだ」

佐古さんは一瞬だけ目を伏せたけど、すぐに顔を上げて口を開いた。

「コツコツやってきただけだよ。私に自信があるとするなら、その過程だけな気がする」

そのとき思い出したのは、ついさっきの拓海の言葉だった。

『いざ戦うときになったら、これまでの努力の蓄積に「自信」という名前を付けるんだ』

佐古さんは途方もない努力を積んできている。だから佐古さんは自分の努力を「自信」

と呼ぶことができるのだ。

じゃあ僕はどうだ？　なにか積み上げてきたものはあるだろうか。「自信」という名前を付けられるような、自分のことを「すごい」と思い込めるような、そういうものがあるだろうか。

「僕にも、やれるのかな……」

染《し》みついた負け犬根性のせいでうつむきそうになっていると、佐古さんが僕の頬を両手で包み込み、ぐいっと引き上げた。

「わっ」

「うん、背筋を伸ばして前を向いていたほうがかっこいいね」

両手の熱が両頬を通してじんわりと伝わってくる。佐古さんの微笑《ほほえ》みは、すべてを受け入れてくれそうな暖かさがあった。

この優しさに応えたい。佐古さんの隣に立ちたい。

ならば、やることはひとつしかないじゃないか。

「僕、がんばってみるよ。もう一度」

「うん、自信がつくといいね」

佐古さんはうれしそうに相好を崩した。

話がひと段落すると、いまさら頬に触れられていることが恥ずかしくなってきた。隠れていちゃいちゃするカップルみたいになっている。

「佐古さん、そろそろ――」

「おふたりさん」僕らの隣からくたびれた声がした。「まさかそのままチューしたりしないよな？　アラサー独身の先生の前で見せびらかしたりしないよな？」

柴戸先生はやつれた顔をしていた。

「ちがい、まっ」佐古さんは真っ赤になって僕から離れた。

最悪のタイミングで先生に見られてしまった。僕も恥ずかしくなってうつむく。

佐古さんは二歩三歩と後ずさると、くるりと方向転換した。

「私、もう部活行くから！　じゃあね！」

早口で言い切ると、佐古さんは足をもつれさせながら走り去っていった。

僕だけ取り残されてしまった。柴戸先生と顔を合わせるのが気まずくて、退室しようかと逡巡《しゅんじゅん》する。

しかし、僕が逃げ出す前に先生に肩を摑《つか》まれた。

「ちょっと来い、津吉」

これは怒られるパターンだ、とすぐに察した。

先生は僕をデスクのほうへ引っ張っていき、椅子に座らせた。

どう言い訳するか考えていると、すぐに柴戸先生が口を開いた。

「津吉さあ、なんか先生に言っておくことがあるんじゃないか」

あえてきつく叱らずに反省を促してくるタイプだ。こういうときは素直に謝るにかぎる。

「校内で女子とベタベタしてすみませんでした。でもあれは誤解で――」

「あのさ、先生は津吉を叱ろうとしているわけじゃないんだよ。まあ仲良しなのを見せつけられてイラっとはしたけどさ」

「それ、怒ってませんか」

「いや本当に叱ろうとはしていない。そのうえでもう一回訊《き》くが、津吉は先生に言っておくことがあるんじゃないか」

温和な声だった。本当に叱る気はないらしい。

柴戸先生はいつも不真面目で教師とは思えないけれど、このときは生徒である僕と本気で向き合おうとしているのが伝わった。

「津吉には悪いけどな、さっき佐古と話している内容が聞こえていたんだ。たったいま、津吉は自分の考えを改めたんだろ？　それなら津吉は先生に言っておくことがあるはずだ」

はっとして先生の目を見た。そのためにわざわざ僕を呼び止めたのか。

僕は一拍置いてから、おずおずと言い出した。

「ちょっと言いづらいんですけど、できれば雑用を減らしてほしいなって……」

「『減らす』でいいのか？　『もう来ません』でもいいぞ」

「え？」

先生があっけらかんと言ってのけるので、僕は耳を疑った。

あれだけ僕に雑用を投げていたのに、急に来なくなってもいいというのか。

「津吉は勉強する気になったんだろ？　これまで雑用していた時間も、勉強に当てるつもりなんだろ？」

すべてお見通しだったらしい。

でも先生が簡単に雑用係を手放そうとするなんて信じられない。そんなの、いつものだらしない柴戸先生らしくないじゃないか。

「本当にいいんですか？　僕が手伝わないと早く帰れないですよ」

「先生をなんだと思ってるんだ。あんなの本気で言っているわけないだろ。いや早く帰りたいのは本気だが」

「僕に勉強以外の選択肢を与えてくれたのは先生なんですよ。こんな急に『やっぱりやめます』なんて、裏切ってるみたいじゃないですか」

「いいんだよこれで。初めて津吉が相談に来たとき、勉強でコケて自信を失くしてただろ。先生は勉強の代わりを用意しただけだ」

「勉強の代わり……。それじゃあ、これまでやってきた雑用は無駄だったんですか？」

僕が早口になる一方で、先生の口調は落ち着いていた。

「無駄なわけないだろ。津吉は学外活動のおかげでちゃんと成長した。これから活《い》きてくる力を身に着けたんだ」

「成長……したんでしょうか。ぜんぜん実感がないんですけど」

「一年間も雑用したんだから成長してるに決まっているだろ。こういうがんばりの成果は、もっとあとになって出てくるものだからな」

「そうだといいんですけどね……」

いまいち納得できずに言葉を濁していると、先生は遠い目をしてため息を吐《つ》いた。

「ひとつ悲しいことがあるとすれば、津吉をやる気にさせたのが女の子ってところだよな。やっぱり年頃の男子には、先生の言葉より女子の励ましのほうが効くんだなあ。先生、虚《むな》しくなっちゃったよ」

「……」

「ただし、ひとつアドバイスするなら、恋愛はもっとストレートでいいと思うんだよな。好きな女のために勉強するのも悪くはないが、高校生なんだから感情任せに行くべきだ」

「そういうのじゃないんで」

なんで柴戸先生まで僕の感情を見抜けるんだ？　そんなに顔に出てるか？

「津吉が決めたことだから文句は言わないが、恋愛と勉強は切り離して考えるべきなんじゃないだろうか」

「わかりましたからほっといてください！」

「先生のほうが長く生きているんだし、このアドバイスは受け取っておいてほしいんだがなあ……。まあ、経験から学ぶこともあるだろうから強くは言わないさ」

柴戸先生だってカノジョがいないくせに、わかっているふうに言われて癪《しゃく》だった。

不満たっぷりな表情を顔に貼り付けてにらんでいると、先生はひらひらと手を振った。

「ほら、顔をしかめてないで早く帰りな。きょうからちゃんと勉強するんだぞ。『明日からがんばる』とか言うなよ」

「わかってますよ、それくらい」

僕は立ち上がってから一礼する。

「先生、お世話になりました」

「手伝ってくれてありがとうな。たまには顔出せよ。面接室も使っていいから」

僕は扉の前でもう一度先生に向かって礼をして、進路指導室をあとにした。

中学生のとき、定期考査で一度だけ学年一位を取ったことがあった。あの瞬間だけは、たしかに自分を認めることができた。

ここ一年間ほど学外活動をやってきたけれど、中学のときのように自信を持つことはできなかった。理由は明白で、学外活動には順位や点数のような目に見える成果がないのだ。

いまの僕には、わかりやすい自信が必要だ。なぜなら、隣に立ちたい女の子がいるから。

くだらない理由かもしれないけれど、それでいい。

だから僕は死ぬ気で勉強すると決めた。

目標は次の期末考査で佐古さんより上位になること。彼女に勝って自信をつけ、今度は僕から告白するのだ。

七月四日

津吉くんの中学時代の話を初めて聞いた

学外活動をがんばっているのは知っていたけれど、自分を変えたいという考えがあるとは知らなかった

だれにも負けないくらい、津吉くんには強い意志がある

私は持っていない個性だから、憧れてしまう

津吉くんみたいに言いたいことをはっきり言える性格だったら、こんなことで悩まなくていいのに

六話

時間割に目を落とし、私は教科書とノートを鞄《かばん》に詰めていく。就寝前に学校の準備をするのは私のルーティーンになっている。

「宿題も……これでよし」

真由子《まゆこ》いわく、私は素直で真面目なのだという。少なからずそのことは自覚しているし、私の長所だと思う。

でも、いまの私は「いい子ちゃん」をやめないといけない。完璧なままだと津吉《つよし》くんは付き合ってくれないから。

それに、津吉くんは私のことを神聖視している節がある。「佐古《さこ》さんみたいになりたい」なんて言っていたし、まだ私のことを完璧だと思い込んでいるらしい。

なんとかして私のことを不真面目な人間だと思わせたい。そのために私は新たな作戦を決行することにした。

それは「宿題を忘れたフリをする」というもの。これなら、津吉くんは私のことを不真面目なひとだと思うはずだ。

◆　◆　◆

少し早く学校に着いた僕は、腕を枕にして机に突っ伏していた。

佐古さんに活を入れられて久々に猛勉強してみたのだけど、これがなかなかにしんどい。

ブランクがあることもあって、中学生のときほど集中できなかった。

結果として翌日に疲労が繰り越されることになったのだ。

首を回して隣の席をちらりと見ると、拓海《たくみ》も同じようにして眠りこけていた。

話し相手もいないようなので、このまま朝礼を待つことになりそうだった。

しかしまぶたを閉じるのと同時に声がかかった。

「津吉くん、寝てる？」

ささやくような声が僕の耳をくすぐる。

「いや、起きてるよ」

「ゆっくりしてるときにごめんね」

顔を上げると、佐古さんが申し訳なさそうにタレ眉を寄せていた。

「国語の宿題、持ってくるの忘れちゃって、見せてほしいなって……」

「ああ、うん。国語ね」

鞄からノートを取り出して手渡した。

「ありがと！　すごく助かる」

「いえいえ」

「そういえば、数学のプリントの最後の問題、解けた？」

数学の宿題はプリント形式だけど、いつも最後は発展問題になっている。

基本問題だけでは物足りない生徒のために用意された問題で、解く必要はない。

これまで僕は一度も解こうとしなかったけど、もう心を入れ替えていた。学力を上げるために、思い切って挑戦してみたのだ。苦戦することにはなったけど、なんとか答えを導くことができた。

「なんとか解けたよ。おかげで寝不足」

「そっか。国語を見せてくれたお礼に数学をどうかなって思ったんだけど、よさそうだね」

「そういうことね。ありがとう。もし今度わからない問題があったら教えて」

「もちろん！　勉強がんばってるんだね。目の下、くまになってるくらいだし」

「佐古さんが火を付けてくれたおかげかな」

「ふふ、大したことしてないよ」

心の奥底から佐古さんを尊敬しているからこそ、あのときの言葉は深く刺さった。だからこそ追いつきたいと思えたし、テストで勝つことを目標にしたのだ。

「あの問題、佐古さんは余裕で解けた？」敵情視察のつもりで訊《たず》ねた。

「余裕ってほどじゃないけど、ふつうにできたかな」

「さすが佐古さん……」

やはり敵は強大だ。

「ふふ、ありがと。それじゃあさくっと写してくるね」

たたん、と軽い足取りで佐古さんが席に戻っていった。

するとすぐさま拓海の大きな背中が持ち上がった。

「ずいぶんと仲良くなったものだな。振ってからのほうがよく喋《しゃべ》ってる」

「拓海、盗み聞きしてたの？」

「そもそも寝てるとは言っていない」

「それはそうだけどさ」

拓海にからかわれるのは癪だけど、告白以降にギクシャクした関係にならなくてよかったと安心していた。

「しかし、佐古はまた忘れ物か……」拓海が訝《いぶか》しむ。

「たしかに二日連続だね」

「…………津吉はなにも疑問に思わないのか？」

「え、だって僕もよく忘れ物するから」

「津吉と佐古だと話が違うだろ。佐古がこんなに頻繁に忘れてくるやつだと思うのか？　優等生の佐古だぞ」

「言われてみれば……？」

よし、と拓海が不敵な笑みを浮かべた。

「次、佐古が忘れ物してきたらおれに任せろ」

なにやらよからぬことを企てているらしく、僕は少し不安になった。


次に佐古さんが忘れ物したのは二日後だった。

朝礼前に拓海と雑談していると、佐古さんに声をかけられた。

「津吉くん、毎度のことでごめんなんだけど、日本史の宿題、見せてくれない？」

「わかっ――」

「佐古、おれのやつを見せてやろう。津吉は字が汚いからな」

僕が返事しようとすると、拓海が割り込んできた。

佐古さんは手を振って遠慮する。

「大丈夫だよ。ちゃんと読めるから」

「いいや、おれのを借りたほうがいい。別に宿題を見せてくれるならだれでもいいはずだ。なら、雑に書かれた津吉のやつよりおれのを見たほうがいい」

「ええ、うーん……」

佐古さんが困ったように一瞬僕を見た。

拓海の言っていることは筋が通っている。どうして悩んでいるかわからない。

「見ろ。これがおれのノートだ」

拓海が宿題になっているノートを開いた。

日本史の宿題は、年号順に歴史をまとめるというものだったけど、拓海のノートはすごくきれいに整理されていた。

字が丁寧で読みやすく、適度に空白があり、色分けはシンプルでわかりやすい。たしかに僕のノートよりはるかにきれいだ。

「どうだ？　おれのを見たほうがいいはずだ」

「たしかにねえ……」

佐古さんはうなずいていたけれど、まだ拓海のノートを受け取るのを渋っている。

「佐古の気持ちはわかる。だから、津吉から借りたいというなら、おれは引き下がろう。どうしても津吉がいいというなら、な」

「ええ、うーん……」

明らかに佐古さんが動揺していた。

頬を人差し指でかきながら視線をさまよわせていた。

なにをそんなに悩んでいるのだろう。拓海から借りてしまえばいいのに。

困り切った佐古さんは、僕のほうを向いて助けを求めた。雨に濡《ぬ》れた子犬のような瞳で、じっと僕を見つめてくる。

その表情は僕の庇護《ひご》欲をそそり、佐古さんがかわいそうに思えた。

「やめなよ拓海。佐古さん困ってるじゃん」

「おいおい、そっちの味方するのかよ……」

「だって拓海がいじめてるようにしか見えないし」

やれやれと拓海が首を振った。

「悪かったよ。津吉がノートを見せてやりな」

僕が佐古さんにノートを手渡すと、さっきまでうろたえていたのが嘘《うそ》のように顔が明るくなった。

「ありがと！　写してくる！」

佐古さんが去ると、拓海はため息を吐《つ》きながらノートをしまう。

「まだ気づかないのか、津吉」

「なにが」

佐古さんをいじめたことが許せなかったので、僕はぶっきらぼうに返した。

「佐古はいつも津吉に借りに来ていただろ？　さっきもおれじゃなくて津吉から借りたそうにしていた。だから、佐古は単におまえとお喋りする口実が欲しいだけだ」

「そんなのわからないでしょ。たまたま忘れ物が連続しただけかもしれないし」

「いいや、それはないな。佐古はわざと忘れてきている。いいや、持ってきているのに忘れたフリをしているな」

「まさか」

拓海の眼《め》が鋭く光る。

「間違いない。確認する方法もあるぜ」

次の日の朝、僕らは佐古さんの背中を密《ひそ》かに眺めていた。

登校してきた佐古さんは自分の席に座り、鞄《かばん》のなかをガサゴソと探る。そのあと席を立って振り向く。

ここ数日で見慣れた行動パターン。この動きをするとき、佐古さんは忘れ物をしている。

隣の拓海がささやく。

「来るぞ。佐古より先に声をかけろよ」

「う、うん」

佐古さんが僕の席に近づいてきた。そして目が合う。

「つよ――」

「佐古さん、あのさ」

「な、なに?」

「えっと、宿題を見せてほしいなって」

「もちろん!　教科は?」

「えー、日本史かな」

「日本史ね、りょうかい」

佐古さんは席に戻ってノートを取ってきてくれた。

「最近見せてもらってばかりだったから、お返ししないとね」

「困ったときはお互いさまということで」

「優しいね」

「いえいえ」

こうして取り留めない会話を終えると、佐古さんは自分の席に帰っていった。

あれ？　結局、佐古さんは忘れ物をしていないのか。

絶対に忘れ物をしているパターンだと思ったのに。

ほらな、と拓海が得意げに笑う。

「せっかくだから佐古のノートを見ておこうぜ」

僕が日本史の宿題を忘れたというのは嘘なので、写す必要はない。

でも、佐古さんのノートは気になる。

僕は拓海にうなずき返し、慎重な手つきでページを繰る。

「うわっ」

その完成度の高さは、ひと目見ただけでわかるくらいだった。

字がきれいなのは言うまでもないけれど、四色のボールペンで項目ごとに書き分けられていたり、文字の大きさが変えてあって、重要な情報がどこにあるかすぐにわかる。

さらには年号の語呂合わせが書かれていたり、歴史のコラムが吹き出しで足されていて、勉強熱心なのが伝わってくる。

あと、偉人のデフォルメ似顔絵も描かれている。かわいい。

「すげえな、これ」

拓海も横からのぞき込んで感嘆していた。

「津吉がこのレベルのノートを作ったとして、持ってくるのを忘れることがあるか？」

「絶対に忘れないだろうね。意地でも期限通りに提出する」

「だろ？　もう認めろよ。佐古は津吉とお喋りしたいだけだ」

ここまでくると、拓海の仮説が正しいとしか思えなかった。

佐古さんは、僕と教室で話すためにわざと宿題を忘れてきているのだ。

「でも、けっこう回りくどいことをするんだね、佐古さん」

「そうでもないさ。用事がないのに離れた席にいる異性に近づくのは地味にハードルが高いからな。だから席替えで一喜一憂するやつが出てくるんだ」

「ああ、たしかに」

つまり、佐古さんは僕に話しかけるためにわざわざ口実を作っているのだ。

うれしいような、くすぐったいような気持ちになる。

でも、雑談のためだけに宿題を忘れたフリをするのは、佐古さんの負担が大きいように思えてならない。

僕だって佐古さんと話したいいし、仲良くなりたいと思っている。だから佐古さんばかりに損な役回りをさせているのは申し訳ない。

こちらからも歩み寄るべきじゃないか。

僕は佐古さんのノートを手にして席を立った。

「津吉？　どうした？」

「ノートを返してくる」

「その割には勇ましい顔をしているけどな」

拓海の指摘をスルーし、迷うことなく机のあいだを突き進んだ。

「佐古さん、ちょっといい？」

◇◇◇

「佐古さん、ちょっといい？」
・津吉くんに呼ばれて私は振り返った。右手にはさっき貸したばかりの日本史のノートを持っていた。
「もう写し終わったの？」

「いいや、写していない。でも返すよ。ありがとう」

「え、うん」

差し出されたノートは反射的に受け取ってしまったけれど、写さなくてよかったのかな。

「ちょっとふたりで話したいから廊下に行こう」

「え、えぇ⁉」

飾り気のない大胆なお誘いを受けて、私はびっくりした。

どうしてふたり？　なにを話すの？　疑問はつきないけれど、おろおろしてしまって思考がまとまらない。

状況はよくわからないけれど、津吉くんの真っすぐな目を前にして逃げることなんてできなかった。

「わ、わかった」

私は首を縦に振って席を立った。

真由子の席の前を通るときに助けを求めて視線を飛ばしてみたけれど、返ってきたのはガッツポーズだった。いまそういうのいらない！

朝礼が近いこともあって、廊下にはあまり生徒がいなかった。ほとんどふたりっきりだ。なんの話だろう。緊張する。

津吉くんは周囲に聞こえないよう声を抑えて言った。

「佐古さん、本当は宿題忘れていないよね？」

ギクリ。いきなり核心を突かれてしまい、返答に詰まる。

まだ誤魔化せるだろうか。誤魔化せるとしたら、どう誤魔化せばいい？

けれども私より先に津吉くんが言葉を続けた。

「佐古さんが宿題を忘れてきた理由、わかったんだ。鈍くてごめん」

「え」

わかったってなにを？　もしかして『宿題を忘れて不真面目アピール大作戦』が見抜かれた？　そんなことあり得るの？

「僕に話しかける口実が欲しかったんだよね？　だから、意図的に忘れ物したんだよね？」

「…………はい？」

「教室で話しかけるのが難しいから、宿題を口実に使いたかったんだよね」

「……あー、そうそう、そういうこと」

びっくりしたあ。よくわからない勘違いに救われたみたいだ。

でもお喋《しゃべ》りしたいのは事実だから、あながち間違っていないけれど。

「やっぱり、佐古さんは教室とかで僕に話しかけるのって気になるんだね」

「まあそうかな、うん」

たしかにひと目がある場所で男子に話しかけに行くのは勇気がいる。それこそ用事があれば気にならないから、津吉くんが勘違いしたのもわかる気がした。

「だから、無理して教室でお喋りするのやめない？」

サッと血の気が引く。そっか、津吉くんは私とお喋りするの迷惑だったんだ……。

悲しい。泣きそう。

「ごめんなさい……もう話しかけません……」

「そ、そうじゃなくて。僕の言い方が悪かったから仕方ないんだけど、ＬＩＮＥとかで話すようにしようよ。わざわざ宿題を忘れてくるのはやりすぎな気がするから」

「……あ、ああ、そういうことね！」

早とちりした！　恥ずかしい！

「それで、どう？　ＬＩＮＥなら周りのひとの視線とか気にならないと思うし」

「ぜひ！　もちろん！　喜んで！」

私はぶんぶんと首を縦に振った。

「よかった。それじゃあ、改めてよろしく」

「うん！」

こうして私たちはその場で友達登録を済ませた。

すぐにチャイムが鳴って私たちは離れた席に座った。でも寂しくなんてない。

私はお気に入りのスタンプを選んで送信した。

津吉晴
よろしくね

七月十日

『宿題忘れて不真面目アピール大作戦』は失敗に終わった
でもなぜか津吉くんとLINEを交換することができた！
うれしい！　やったね！
次はLINEを使った作戦を考えないとね
それと、私に残された時間が一か月を切っていた
急がないと……
（あと30日）

七話

クーラーを切って窓を開けると、夏の夜風が部屋に舞い込んできた。少し生ぬるい気はしたけど、じゅうぶんに涼しい風だった。

私は新鮮な空気を肺に送り込み、気合いを入れて問題集を解き始める。成績を保つためには近道なんてなく、日々の予習復習が肝心なのだ。

勉強を進めていると、ベッドの枕元で充電していたスマホが震えた。いつもは集中しているから無視するけど、最近は気になって仕方ない。なぜなら津吉《つよし》くんとＬＩＮＥでやり取りするようになったからだ。

この問題が解けたら返信しちゃおうかな。そう思った瞬間、シャーペンの動きが倍速になる。だって、早く返信したいから。

「できたっ」

解答が導き出された瞬間、ベッドの枕元に飛び込んでスマホを開く。

やっぱり津吉くんから返信が来ていて舞い上がる。

『それじゃあ佐古《さこ》さんはどういう食べ物が好きなの？』19:49
どんな文脈で食べ物の話題になったんだっけ。まあ気にしなくていいか。
私の食の好みはシンプルで、甘いものだったらだいたい食べる。ちょっと高級なスイーツだとなお良し、といったかんじ。
でも素直に甘党と伝えるのはいかがなものか。甘いものが好きな女子は多いし、男子も女子は甘党だと思っているひとが多いだろう。
しかも、いまの私は完璧なイメージを崩さないといけない。ならば、ここはあえて女子っぽくない好みを伝えるべきだ。
だから嘘《うそ》の情報を送った。
『塩辛いものが好きかな　お酒に合いそうなやつ（飲んではないよ！）』19:53
すぐに既読がついた。
『へえ意外』19:54
よし、狙い通りに驚いてくれた。
『スルメとかチータラみたいなのが好きってこと？』19:54
『そうそう　海鮮系が特に好き』19:54
適当に話を合わせてリアリティを持たせにかかる。

こんな酒飲みみたいな趣味の女子だと知れば、きっとイメージダウンするはず。
でもすべて嘘だから、バレないように予防線を張る。
『このことは津吉くんにしか明かしてないから、内緒にしてね』19:55
『別に内緒にするような趣味じゃないと思うよ　なにが好きでも自由だと思う』19:56
そういうつもりで言ったんじゃないんだけど……。
しかし機転を利《き》かせて津吉くんの発言を逆利用する。
『でも津吉くんだって女子っぽくない好みだと思うでしょ？』19:56
『なにが好きでもいいでしょ』19:56
『女子はそういうの気にするの』19:56
『でも僕は気にしない　おいしく食べることのほうが大事だよ』19:57
作戦がまったく効いていなくて、ぐぬぬとうなる。完璧なイメージを壊すためのいい機会だと思ったのに。
次なる一手を編み出そうとしていると、スマホが震えた。
『女子どうしだと周囲の目があるかもしれないけど、僕は気にしないからね　だから肩の力を抜いてくれていいよ』19:58
津吉くんが優しい。優しすぎる。

たぶん私がどんな大人になっても津吉くんは受け入れてくれる。

たとえば本当に私が酒飲みになって、枝豆とビールを手に仕事の愚痴とかを言っても、真摯に話を聞いてくれるのだろう。

なんかもう、くだらない嘘をついたことが申し訳なくなってくる。いまさら訂正することもできないし、この嘘は墓場まで持っていくことにしよう。

『それじゃあ僕、勉強に戻るから』19:59

『はーい』19:59

返事のあとに合わせてスタンプも送った。

津吉くんは相変わらず勉強をがんばっているみたいだ。

しかも切り替えが早くて、だらだらとＬＩＮＥを続けようとしない。私も見習わないと。

なんて思いつつトーク画面をさかのぼっていると、ある法則に気づいた。夜になると、津吉くんは長くても十五分くらいしかＬＩＮＥを続けようとしない。

いや待て。よく見ると時刻も規則的だ。だいたい四十分台に返信が来て、時刻が変わるときには勉強に戻っている。

なるほど。津吉くんの行動パターンが見えた。

『津吉くんって、四十五分勉強して十五分休憩するタイプのひと？』20:02

時間を区切ることで集中力を高めるという、よくある勉強法のひとつだ。たぶん津吉くんはタイムテーブルを組んで勉強している。
やっぱり勉強に戻っているみたいで既読がつかない。
次の返信が来るのは二十時四十五分を過ぎたあたりになるはずだ。
勉強しながら待つこと数十分。私の読みは当たった。
『そうそう　四十五分ごとに休んでる』20:46
『じゃあさ』20:46
四十五分になったときから待ち構えていた私は、すぐさま返信する。
『私も同じ周期で勉強するから、休憩時間に通話しようよ』20:46
悩んでいるのか、津吉くんはすぐに返してこない。
ならばもう一押し。
『通話してさ、わからない問題があったら教え合おうよ　どうかな？』20:47
いくら通話といっても、あくまでも勉強のためだ。津吉くんとお喋りしたいという下心があるわけじゃない。決して。
津吉くんはどう返してくるだろう。さすがに四十五分ごとは邪魔だと思うかな。でも津吉くんとお喋りしたいし……。じゃなくて教え合いしたいし。

どきどきしてきて、スマホと手のひらの間にうっすらと汗がにじむ。祈りながら待っていると、手のなかでスマホが震えた。

『わかった』20:49

やったあ！　津吉くんと通話！

『じゃあかけるね』20:49

『あ、もういまから？』20:49

なりふり構わず通話ボタンを押した。

「……もしもし津吉くん？」

『ど、どうもです……』

津吉くんの声は少し上ずっていた。たぶん女子と通話するのが初めてなのだろう。私もいままで男子と通話したことなかったけど。

そう思うと、異性との通話ってけっこう大胆なことだったかも。津吉くんが無理して付き合ってくれていないか不安になってきた。

「津吉くんは……その、女子と通話って嫌だったりしなかった？」

『んー、ちょっと緊張したけど、別に嫌じゃないよ』

「よかった……」

胸をなでおろしていると、

『早速だけど、いい？』

「なに？」

『数学の問題集の122ページの大問って解いた？』

「え、どうだろ」

『解説読んでも意味がわからなくて、佐古さんならわかるかなって』

うーん、真面目！　私はお喋《しゃべ》りしたくてうきうきしてたのに、津吉くんははじめから質問するつもりだったのだろう。

でもそれが津吉くんらしいし、素敵だと思う。

私は数学の問題集を取り出した。

「ごめん、何ページだっけ」

『122ページ』

「りょうかい」

開いたページは、なんと手つかずだった。つまり津吉くんは私より数学の問題集が進んでいることになる。

私も毎日コツコツ勉強しているし、数学の問題集だって進めていた。この短期間で私を追い抜いたとなると、計り知れないくらい時間を勉強に費やしていることになる。

自信をつけたいと津吉くんは言っていたし、そのために勉強していることも知っている。

そうだとしても、勉強量が生半可じゃない。

津吉くんは本気だ。覚悟を決めている。安定して学年順位一桁にいる私すら、置き去りにしようとしている。

『どう？　本当に解説が意味不明なんだよ』

「ちょ、ちょっと待ってね」

ふだんは鼻にかけたりしないけど、成績上位勢としてのプライドが働いた。

１２２ページを本気で読み込む。

解法のさわりはなんとなくわかるけど、そのあとがどういう展開になるかいまいち判別できない。

仕方なく解説を開いてみると、見開き丸ごと数式で埋まっていて、パッと見ただけでも頭が痛くなってきた。しかも解説は次のページまで及んでいる。

読み解こうと数式を目でなぞってみたけど、序盤で引っかかる。急に謎の数式が現れるのだけど、その式をどこから持ってきたかがわからないのだ。

こんなの、どうがんばっても解けないよ！

「ごめん、私もよくわからなかった……。この解答、だいぶ不親切だから先生に訊《き》いたほうがよさそうかも」

『そっか……。ありがとう』

くう、悔しい！　思わず唇を噛《か》む。

津吉くんが必死に勉強してるのはすごいと思うし尊敬してるけど、やっぱり得意なものでは負けたくない。

いったいどんなペースで勉強してるのだろう。

「津吉くんって一日にどれくらい勉強してる？　四十五分を何セット回すの？」

『えっと、十七時から十九時で二セットやって、晩ご飯食べて、二十時から一セット、それからお風呂《ふろ》入って、二十二時から二時まで四セットだから……えっと、合計何セットだっけ』

目眩《めまい》がした。テスト期間に入ってるわけでもないのに、勉強漬けのスケジューリングになってる。

「もしかして、起きてるあいだずっと勉強してない？　平気なの？」

『もともと趣味らしい趣味がなかったから、案外なんとかなってるよ』

もはや試験を目前にした受験生みたいだ。さすがに私もそこまで勉強できない。

「えっと、勉強を始めるのは十七時からだっけ?」

『うん、帰ってからすぐ』

「で、二時までなんだよね?」

『うん』

私は部活があるから帰宅するのが十九時で、零時にはベッドに入る習慣がある。ということは、津吉くんは私より三セット多く勉強できることになる。

そんなに差があれば私が置いてけぼりにされるのも納得だ。

でも気になることは残っていた。津吉くんが必死になっている理由だ。

「どうして津吉くんは自信をつけることにこだわるの?」

電話口の向こうで津吉くんが押し黙る。

あまり話す気がないのかもと思ったけど、悩んだ末に教えてくれた。

『追いつきたいひとがいるから、かな』

もしかして、と期待が膨らむ。

津吉くんは「佐古さんみたいになりたい」と言っていた。くわえて、過去にも「佐古さんとは釣り合わない」とも言っていた。

その「追いつきたいひと」というのは、私のことなのでは。

たぶん私は自分に都合のいい解釈をしている。だから「追いつきたいひと」の正体が気になって仕方がない。

「じゃあ津吉くんが自信を持てるようになったら、そのひととお付き合いしたいと思う？」

意地悪だとわかったうえで訊いた。

そのひとが女子かどうかわからないし、そのひとに恋愛感情を持っているかもわからないのだ。

だからこの質問には、私の儚《はかな》い願望がこめられていた。

津吉くんは慎重に言葉を並べる。

『……そのひとに自分自身がふさわしいと思えたら、付き合うかもしれない』

心臓がばくばくと鳴り始めた。

相手は女のひとだ。しかも恋愛対象。

それって私のこと？　って訊いてみたい。でも勘違いだったときのことを想像すると、訊くのが怖くなってくる。

踏み込むための勇気が欲しくて悶々《もんもん》としていると、先に津吉くんが声を発した。

『佐古さん、申し訳ないんだけど』

「な、なに？」

『そろそろ時間がね……』

時計を見ると、とっくに二十一時を過ぎていた。

「ああ、ごめん！　もう勉強に戻るよね」

『ううん、これからお風呂』

「あー、そうだった。じゃあ私も入ろうかな」

『そうだね。そのほうが次の通話のタイミングも合わせやすいだろうし』

「ということは、津吉くんもけっこう通話には乗り気？」

『えっと、まあ、うん。わからないこと訊けるから』

「ふふ。相手してくれてありがとうね」

またあとで、といったん通話が終わる。

お風呂に入って、勉強して、そうしたらまたお喋りできる。

通話には強引に誘っちゃったけど、意外と津吉くんも積極的だ。

なにものにも代えがたい幸福を手に入れた私は、スキップしそうな足取りでお風呂場へと急いだ。

「ああ……」

私はいま、津吉くんと同じタイミングで湯舟に浸《つ》かっている。

別になにひとつとして問題はないのに、いかがわしいことをしているような気分になってしまって頭がくらくらする。

お風呂でリラックスすると頭のねじが緩くなるから困る。本来の私は、こんなはしたないことを考えたりしないはずなのに。

「のぼせそう……」

私は湯面に顔をつけ、ぶくぶくと泡を立てた。

そもそも、いまの私が津吉くんを意識しないようにするなんて、どだい無理な話だった。

だって津吉くんが私のことを好きかもしれないのだ。でもまだ確定していることじゃないから、喜びと不安がないまぜになっている。

全部はっきりさせてしまいたい。津吉くんの想《おも》いを確認したい。

「でもなあ」

いま津吉くんは、自分自身を認めるために本気で勉強している。それが私のためかはわからないけど、自信をつけたうえで付き合いたいのだろう。

そのことを思うと、いまは下手なことを訊くべきじゃない。

津吉くんは己のプライドと戦っているところなんだから、私は部外者だ。分をわきまえたほうがいい。

とにかくいまは近くで見守ることにしよう。幸い、津吉くんとは通話をする仲になれたのだから。

気持ち新たにお風呂場を出て、洗面台の前で髪を乾かす。

鏡に映る短い前髪を見て、私はふと気づく。

私は完璧じゃなくなろうとして、津吉くんは自信をつけようとしている。まるで歩幅の違うふたりが足並みをそろえようとしているみたいだ。

私たちはお互いに歩み寄ろうとしている。だから、いつかは釣り合う関係になれるはず。

そのときが来たときのために、ちゃんと完璧なイメージを壊しておかないと。

左手にドライヤー、右手にスマホを持って作戦を練った。

完璧じゃなくて女子っぽくない嘘《うそ》を編み出し、津吉くんに送り付けた。

『お風呂上がりって、腰に手を当てながら牛乳をがぶ飲みして、ぷはーってやりたくなるよね』21:53

『めっちゃわかる』21:54

うん、このメッセージは効果がなかったな。

津吉くんと通話するようになってから数日経《た》った。何日も繰り返しているうちに、四十五分になれば言い出さずとも通話が繋《つな》がるようになっていた。

きょうもいつの間にか夜が更《ふ》け、掛け時計の短針は二十三時過ぎを示していた。

私はシャーペンを握って勉強の恰好《かっこう》だけはしていたけど、ずっと時計をチラチラ見ていてまったく集中できていなかった。

きょうだけは勉強に身が入らない特別な理由があった。

長針が四十五分にかかった瞬間、私は枕元のスマホに飛びついた。

「もしもし！」

『はい津吉です』

「ちょっと前に言ってた数学の問題なんだけどね――」

限られた休憩時間のなかで勉強を教え合い、学校での取り留めないできごとを語り合い、

やがて時刻は二十四時になった。

『もう時間だ。早いね』と津吉くん。

私はうずうずとしながら待ち構える。

『じゃ、おやすみ』

「ちょ、ちょ、待っ」

『寝ないの？』

いつも日付が変わったら寝てるけど！　そうじゃなくて！

「なにか言うことないの⁉」

『……おやすみなさい？』

ちがうんだってば！　ふざけてるの⁉

「きょう……きょうは……」

本日七月十七日は私の誕生日なのに！　まさか忘れたなんて！

しかし私は大きな見落としがあることに気づく。これまで一度も津吉くんに誕生日を訊かれたことがなかった！

女子どうしだったらよく誕生日の話題になるけど、男子はけっこう無頓着なのか。日付が変わった瞬間に「おめでとう」を言ってもらえると思っていたのに……。

『佐古さん？　もう切るよ？』

津吉くんに罪はなかった。悪いのは私だった。

自分の愚かさに絶望して放心状態になっていると、気づけば通話も切れていた。

スマホには女子から次々におめでとうのメッセージが送られてきていて、なかなかバイブレーションが途切れない。

もちろん友達からの祝福はうれしいけど、いちばん祝ってほしいひとからなにも言ってもらえなかった。

私は失意の底に落ちてしまい、返信する気力すらなくなりかけていた。

でも冷静に思い返してみると、あのシチュエーションで誕生日だと気づかないのはどうなんだろう。

日付が変わった瞬間に「なにか言うことないの？」と訊《き》かれたら、誕生日一択だろう。

さすがに鈍感に思えてきた。いやかなり鈍感だ。あの鈍感さは許していいものじゃない。

一転して、私は怒りに燃えた。

津吉くんの鈍感さのせいで祝ってもらえないのは許せない。

意地でも「おめでとう」を言ってもらうんだから。

津吉くんを呼び出し、そしてすぐに繋がる。

『どうしたの？　ってビデオ通話⁉』

画面越しに驚いている津吉くんの顔が映った。

ここまでお膳立てして気づかないとは言わせない。

私は無言のまま津吉くんをにらみつけ、心のなかで祈る。

気づけ気づけ気づけ気づけ気づけ……！

すると、ふいっと津吉くんが視線を逸《そ》らした。画面越しだとわかりにくいけど、顔が赤くなっているような……。

『佐古さん……胸元が……』

ベッドの上でうつぶせになっていたからパジャマの襟元が膨らんでいて、その胸元をスマホの内カメラがとらえていて——

「す、スケベ！」

左手で襟を持ち上げ、右手で通話終了ボタンを押した。

結局、なにも言ってもらえなかった。

こうして私の十七歳は虚《むな》しい幕開けとなった。


「佐古さん、お誕生日おめでとう！」

「うん、ありがと！」

登校してすぐ、下駄《げた》箱の前で去年のクラスメイトがお祝いの言葉をくれた。憶《おぼ》えていてくれたらしい。

昨晩から今朝にかけてたくさんのひとから言葉をかけてもらえたのに、まだ私は満足していなかった。ぜんぶ津吉くんのせいだ。

ジグソーパズルのピースが欠けているみたいに落ち着かず、ローファーのかかとに引っかけた指がむずむずする。

下駄箱を開ける音とため息が重なる。

靴をしまおうとして、そこにふだんはないものがあることに気づく。

『佐古さん　お誕生日おめでとう　津吉晴《はる》』とメッセージカード。それから巾着型の包みが置かれている。

さ、サプライズというやつか……！

一瞬でもやもやが吹き飛ばされて、身体《からだ》が軽くなる。いまの私なら空も飛べそうな気がした。

うれしさのあまり、私はその場でメッセージを送った。

『津吉くん⁉　誕生日知ってたの⁉』

大事なことを言い忘れていることに気づき、すぐに連投する。

『あ！　誕生日プレゼントありがとう！　もう、すごいうれしい！』

『どういたしまして　ＬＩＮＥのプロフィールに誕生日が設定されていたから、それで気づいたんだ』

なるほど、と得心する。私も友達の誕生日を確認するときに利用している機能だ。

まんまとサプライズの餌食《えじき》になったことが悔しくて、思い切って津吉くんをからかうことにした。

『誕生日を調べてプレゼントを渡すってことは、私のこと気にかけてくれているんだね』

既読はついたけれど返信が来ない。いまごろ教室であたふたしているだろうな。

自分がニヤニヤしていることに気づき、スマホで口元を隠しながら返信を待つ。

そういえば、まだプレゼントの中身を見ていない。家に帰ってからでもいいと思ったけれど、やっぱり気になる。

手に取ってみると意外と重たい。だれかに見られないよう、すぐに鞄《かばん》に入れた。

おそらく中身は瓶だろう。とすると、お菓子だろうか。

鞄に右手を突っ込んでリボンをほどき、中身を取り出す。薄暗い鞄のなか、瓶に貼られたシールへと目を凝らした。

「かにの身入り　かにみそ」見間違いではなかった。

スマホが震えた。

『まあほら、そのひとを大切にしているかどうかってプレゼントにあらわれるものだと思うし、そのへんは佐古さんが判断してよ』

いつだったか、津吉くんに嘘をついたことを思い出す。塩辛くて、海鮮系で、お酒のつまみみたいなものが好き、と言ってしまった。

かにみそという絶妙なチョイスになっているあたり、津吉くんはたくさん悩んで決めてくれたのだろう。

うれしくて仕方ないのに、ちょっと虚しい。

「そういえば、かにみそって食べたことないな」

好きになれたらいいな、と思いながら鞄の奥底に瓶をしまった。

七月十七日

なんと！　津吉くんが誕生日を祝ってくれた！

プレゼントもくれた！　びっくりした！

それにしても、かにみそってあんなに臭くて苦いんだ…………

だけど、津吉くんのくれたものだから、ちゃんと食べます

(あと23日)

八話

スマホから呼び出しの電子音が聞こえて、僕はシャーペンを机の上に置いた。

時刻は二十三時四十八分で、呼び出し画面には『さこまちか』と表示されている。

問題を解くほうに夢中で、休憩時間に入ったことに気づかなかったみたいだ。

慌てて通話を繋《つな》ぎ、すぐに謝る。

「ごめん。時間過ぎてた」

『一言送っても無反応だったから、勉強のしすぎで倒れてるかもって思っちゃった』

冗談めかして佐古《さこ》さんが言った。

佐古さんはいつも日付が変わるのと同時に寝るから、二十四時直前の通話が最後になる。

だから極力遅れたくなかったんだけど、集中しすぎていたみたいだ。

僕らはいつものように勉強の進度を確認し合うと、時刻は五十七分を回っていた。

残り三分というなかで、佐古さんが『あのね』と切り出す。

『もしよかったら、今週末に勉強会をやらない？』

「おお、勉強会。いいね」

毎晩の通話のおかげで、僕らはお互いの苦手な分野を把握していたり、問題集の進み具合も知っている。勉強会をするにはうってつけの相手だろう。

それに、テストも近いから佐古さんとの実力差も知っておきたい。

乗り気になって応えると、佐古さんは声を弾ませた。

『やった！　場所はどこにする？　カフェとか図書館がいいかなって考えてるんだけど』

「学校の面接室を使わせてもらうのはどう？　土曜日なら学校も空いてるし、お金かからないし、広い机を占領できるから」

『そう……。本当に面接室でいいの？』

「え、うん」

わざわざ訊き返してきた理由がわからず、ふつうに肯定した。

佐古さんは少し間を置いてから、わざとらしく『はあ』と息を吐く。

『カフェとかだったら私服で行くつもりしてたのに』

「あ」

『それでも面接室でいいんだよね？』

そんなトラップが仕掛けられていたなんて。

佐古さんの私服、見たい。絶対かわいい。

でもいまさら「やっぱりカフェで」なんて言ったら、下心むき出しみたいでかっこ悪い。もう貫き通すしかない。

「い、いいよ。面接室のほうが慣れてるし」

『素直に「佐古さんの私服が見たいです」って言えば、とびっきりおしゃれしたのにね！おやすみ！』

ぶつりと通話が切れると、スマホの画面に時刻が表示された。二十四時ちょうどだった。

もし勉強会で佐古さんの服がかわいかったら集中して勉強できないかもしれない。だから見慣れた制服を着て、使い慣れた面接室で勉強するほうがいい。

なんて言い訳を並べてみたけれど、数分前のことがひどく悔やまれる。

佐古さんの私服、やっぱり見たかった……。


梅雨明けは目前という予報だったけれど、土曜日はあいにくの大雨だった。

セパレートのレインコートを着て自転車に乗ったけれど、どうしても足元だけは守り切れなくて、僕のスニーカーはピンポイントでびしょ濡《ぬ》れになった。

学校に到着してから靴は脱いだけど靴下もぐっしょりになっていて、早く足を拭きたくて廊下を急いだ。

土曜日だから進路指導室が開放されているか心配だったけれど、平日と同じように柴戸《しばと》先生がデスクで仕事をしていた。

「見てくれよ、この憐《あわ》れな姿。津吉《つよし》が仕事を手伝ってくれなくなったから、休日出勤しなくちゃ間に合わないんだよ。早く帰りたいなあ」

「はあ、そうですか」

「おい冷たくないか。久しぶりだしさ、ちょっと働いていかないか？」

「きょうは勉強しに来たんです」

「息抜きに書類の整理とかどうだ？　気分転換になるぞ」

「僕は勉強するので手伝いません」

先生を突き放して面接室の扉を開けた。背後からは依然として駄々をこねる声が聞こえたので、ぴしゃりと扉を閉めて断ち切った。

面接室は無人だった。佐古さんより先に到着したらしい。

僕はすぐに靴下を脱ぎ、小窓に取り付けられた落下防止の手すりに干した。

靴下の替えを持ってきていなかったため、ソファに座ると素足で上履きを踏みつけ、濡れた裾をまくり上げた。

びしょびしょの靴と靴下で下校することを思うと憂鬱になるけれど、いまは勉強に集中しなくてはならない。まだ佐古さんは来ていないけれど、一足先に参考書を開いた。問題集を数問ほど解き進めたところで、面接室の扉が開いて佐古さんが顔をのぞかせた。

「おはよ。雨ひどいね」

「おはよう。こっちは完全に靴が水没したよ」

佐古さんも傘だけでは全身を守り切れなかったらしく、チェックスカートの裾に小さな染《し》みができていた。

「靴下が濡れ雑巾みたいになってる……」佐古さんが忌々《いまいま》しそうに言う。

「だよね。そこの手すりに干すといいよ」

「そうだね、ありがと」

佐古さんがショートソックスを脱ぐために足を持ち上げた。その拍子にスカートがめくれあがって白い太ももがあらわになり、僕は「なにも見てない」と主張すべく顔を伏せた。もうちょっと周囲の視線を気にしてほしい。ここには僕しかいないけど。

靴下を窓際《まどぎわ》にかけた佐古さんは、鞄から大きなタオルを取り出した。

「これ、机の下に敷いて足を置けるようにしようよ。素足に上履きって気持ち悪いし」

「いいの？　汚れない？」

「平気へいき。家でも雑巾みたいな使い方しているタオルだから」

ふたりで引っ張ってタオルを敷くと、足の置き場がずいぶんと快適になった。繊維のもこもことした感触が気持ちいい。

佐古さんもソファに座りなおすと、机の上に筆記用具と問題集を並べて勉強を始めた。

これから黙々と勉強するだけ……と思っていたときに、僕の足にひんやりとしたものが触れた。佐古さんの——素足だった。

「ごめん」と小声で謝って足を移動させたけれど、追いかけるようにして佐古さんの足がぴたりとくっつく。さてはわざとだな。

佐古さんの体温は僕より低くて、足も雨のせいで冷え切っているみたいだ。でもその肌はすべらかで、冷たい大理石に触れているみたいだった。

こういう身体的な接触は、よからぬことをしているような気分になって集中を欠いた。

「佐古さん、ちょっと離れてほし——」

「足が冷えるの」

温度がない声で告げると、佐古さんは両足で僕の左足を挟み込んだ。やっぱり確信犯だ。

佐古さんの脚は芸術的なまでに美しいので、そのおみ足と触れ合っているだけで心臓のリズムがおかしくなってくる。

僕が内心で動揺している一方で、佐古さんはノートに目を落としたまま固まっていた。よくよく見れば、佐古さんのシャーペンはノートに突き立ったままで止まっている。

「私のこと、完璧だと思う？」どこか思いつめたように佐古さんが言った。

「どうしたの急に」

「こんなに男子相手にベタベタして、はしたないと思わない？　この状況でも私のことを完璧だって言う？」

「甘えたがりなのかな、とは思うけど」

「津吉くんは、私のこと完璧だって言ったの憶《おぼ》えてる？」

もちろん憶えている。告白されたときにそう言って断った。

でもなんでいまになって掘り返すのだろう。

「憶えてるけど……」

「私ね、自分の意志で津吉くんの言う『完璧』になったわけじゃないの。親に勧められるまま中学受験したし、先生に言われた通りに予習復習したし、本当にただそれだけなの。だから、こんな『完璧』、本当はやめたくて仕方ないの。やりたいことも、やりたくないことも、自分で選べるわがままな子になりたい……」

佐古さんは震える声で独白した。

以前にも似たようなことを聞いた覚えがあったけど、こんなに感情的にはなっていなかったはずだ。

「なにかあったの？」

踏み込んでいいかはわからないけれど、佐古さんが抱えているものを少しでも減らしたい。そう思って訊《たず》ねた。

佐古さんはぴくりと肩を震わせてから、おずおずと切り出す。

「……お父さんとね、ケンカしちゃったの。ううん、ケンカってほどでもないんだけど」

「なにか言い争いになったってこと？」

「ううん、揉《も》めてすらいない。お父さんに『言いたいことがあるならはっきり言いなさい』って怒られて。でも、私はそれがすごく苦手でね。いっつもお父さんに勧められたことばかりやってきたから、いまさらわがままが言えなくて」

「つまり、やりたいことを言い出せなかったってこと？」

「……やりたくないことがあるの」

「それって、僕が訊《き》いてもいいやつ？」

「…………ごめんね、これは教えられない」

佐古さんは僕から視線を遠ざけながら謝った。たぶん家庭の事情というやつなのだろう。

「わがままになりたい……」繰り返し佐古さんが呟《つぶや》いた。

苦悩の根源はずっと深いところにあるらしく、怯《おび》えているようにも怖がっているようにも見えた。

「ほんと、津吉くんみたいにやりたいことをはっきり言えたらいいのに……。ってこの話、何回目だろうね」

佐古さんは首を横に振ると、力なく笑った。

「僕も似たようなものだよ。だって佐古さんみたいになりたくて、次のテストで佐古さんに勝とうとしているんだし」

なんとはなしに言ったつもりだったけれど、佐古さんはがばりと頭を跳ね上げた。

「そ、それってつまり、津吉くんが追いつきたい相手って……！」

「あっ」

しまった！　そういえば「追いつきたいひとがいるから自信をつけたい」というくだりを前に話したところだった。つまり、いまの発言は告白同然だ……。

顔を上げると、首まで真っ赤になった佐古さんと目が合った。

僕はすぐに目を伏せて、佐古さんは両手で顔を覆った。

やらかした。うっかりで済まされる失敗じゃない。

押せばいいのか、引けばいいのか、それとも誤魔化せばいいのか。脳みそがショートして最適な判断が下せない。

あたふたしていると、佐古さんは顔を覆った手の隙間から声を絞り出した。

「そ、それって……！　津吉くんがテストで勝ったら、期待していいってこと……？」

佐古さんの耳は内出血してるんじゃないかと思うくらい赤くなっていた。

「う、うん……」

思考がままならない僕には、首を縦に振ることしかできなかった。たぶん僕の顔も真っ赤になっている。

佐古さんは顔から手を離すと、表情を隠すようにうつむく。

「ちょっと元気でた。ありがと……」

「う、うん」

佐古さんの足がきゅっと寄せられて密着する。冷え切っていた足は僕の体温と混ざり合って、温《ぬく》もりを取り戻しつつあった。

「……勉強、始めようか」

僕が提案すると、こくりと佐古さんがうなずく。

再びペンを握ると、互いに顔を見られないようノートと顔を突き合わせて問題を解き進めた。

七月二十二日

きょうは津吉くんと面接室で勉強会をした
津吉くんは私にテストで勝つことを目標にしていると言っていた
つまり、私と釣り合うために勉強しているってことだよね……？
お父さんに怒られたことが尾を引いていたけど、おかげで寂しくても耐えられそう
あと三週間弱、私は完璧というイメージを崩して、津吉くんは自信をつける
そうすれば、私たちの足並みはそろうはずだ
（あと18日）

九話

先生がはじめの合図を出し、私は問題用紙を裏返した。

三日に渡る期末テストも、これが最後の科目になる。みんな疲れが出始めているらしく、教室の空気はどことなく重たかった。

私もまた、今朝からいまひとつ調子が上がらなかった。疲労が溜《た》まっているだけではなく、風邪を引いていたのだ。

体調が悪くなり始めたのは、津吉《つよし》くんとの勉強会の翌日だった。雨でびしょ濡《ぬ》れになったまま放置したのがよくなかったらしい。それ以降も休まずに学校に行ったから、どんどん悪化してしまったのだ。

でも、体調がどうであれテストに集中しなくちゃいけない。

科目は地理。私の得意科目のひとつだ。暗記さえできていれば体調が悪くてもじゅうぶんに戦える。

一切の迷いなくシャーペンを走らせ、やがて最後の問題の解答を終えた。

時計を見ると、まだ二十分しか経《た》っていなかった。知識を問う問題がほとんどだから、解くのに時間がかからなかったのだ。

「っ……」

解答の見直しを始めようとしたとたん、目眩《めまい》がした。急に頭の回転が鈍くなって、同時に睡魔に襲われた。

ずっと気を張り詰めていたから、テストを解き終えて安心してしまったらしい。酷使してきた身体《からだ》が無意識に休息を欲《ほっ》している。

重いまぶたを擦り、一問目を読み返そうとしたけれど、目が滑って内容が頭に入ってこない。

全身が熱っぽくて、じくじくと頭が痛む。早くベッドに入って休みたい。こんな体調じゃ、まともに見直しができそうにない。

もう解答を終えてしまってもいいかな、と思い始めた。

いつもは解答時間ぎりぎりまで粘るけど、残り三十分も頭痛に耐えられる自信がない。

それに、いまの私には点数にこだわる理由がない。

勉強会のときの宣言が本当なら、津吉くんが勝てば告白が待ってる。手抜きはしないと決めていたけれど、負けたほうが幸せな未来が待っているのだ。

そのことを加味すると、もういいやと気持ちが振り切れた。

私らしくないけれど、見直しはやらない。津吉くんに勝ってもらって、告白してもらって、それでハッピーエンドだ。

シャーペンを手放した。少し早いけれど、私の期末テストはこれで終了だ。

全身が鉛みたいに重い。でも、もう抗《あらが》わなくていい。

テスト中に寝るなんて初めてだな、と思いながら机に頭を伏せた。


暖かい手に揺さぶられていた。優しさと力強さを備えた、男らしい手だった。だれかが私を起こしている……？

反射的に顔を右に向けると、津吉くんが問題を解きながら私を揺すっていた。

テスト期間は座席が名簿順になり、私と津吉くんは隣になるのだ。

そういえば、地理のテストが始まる前も少しだけ会話していたことを思い出す。

『私、地理は得意なんだよね。負けないよ』

『そう？　割といい勝負になると思うよ。用語は頭に入ってるから』

津吉くんは鬼気迫った様子で解答用紙に向き合っていた。いつもの温和そうな眼《め》に鋭い光が宿っている。その表情は真剣そのものだった。一切の妥協をすることなく、私を打ち負かそうとしている。

その気迫に圧倒されていると、津吉くんが左手を引っ込めた。私が目を覚ましたことに気づいたらしい。

津吉くんはこちらに視線を向けることなく、口元だけ動かして「がんばれ」と言った。

私はすぐに自分の愚かさを恥じた。津吉くんはこんなに一生懸命なのに、その隣で寝るなんて失礼すぎる。

津吉くんが勝ちたい理由は「自信をつけたいから」だったはず。中途半端《ちゅうとはんぱ》なことをした私に勝っても、納得してくれるはずがない。真剣勝負じゃなければ意味がないのだ。

時計を見ると、テストの残り時間は十分を切っていた。いまからでも見直しはできる。

相変わらず体調は優れない。でも、少し寝たおかげで頭のキレが戻っていた。

深呼吸し、目を皿にして解答にミスがないか探す。問題文の読み違えなどにも気を付けながら、解き直しているつもりで目を通していく。

これが全力の私。でも、津吉くんは私を越えていってくれると信じている。大丈夫、津吉くんは勝ってくれる。

やがて残り時間もわずかになり、終了間際《まぎわ》に誤答に気づいた。単純な引っ掛け問題なのに、見落としていたらしい。

解答を消して、すぐに書き直す。これで二点ぶん稼げたはずだ。

消しカスを払ってシャーペンを机に置くと、それと同時にチャイムが鳴った。


テストが終わったあとの教室には、私と真由子《まゆこ》以外には数人しか残っていなかった。

運動部はグラウンドや体育館に駆けていったし、部活がないひとはカラオケに行ったりするらしい。

もちろん、帰宅部の津吉くんはすぐに帰ってしまった。

「ねえ町香《まちか》、さすがに帰ったほうがいいよ。どう見ても顔色悪いし」

私の正面に座った真由子が、お弁当を開けながら言った。

「うーん、どうしよう……」

午前中にすべてのテストが完了したので、昼食を摂《と》ったら吹奏楽部の練習がある。

たしかに頭痛は酷《ひど》いままだけど、久しぶりに楽器に触りたい。

「とりあえず様子見しちゃだめかな……」

「休んだほうがいいと思うけどね」

「でも、私が部活に出られるのはあと数日だけだよ？　休みたくないじゃん」

「気持ちはわかるけど……」

栄養を摂れば元気が出るかもしれないと思って、私もお弁当の蓋を取った。

「町香ママ、ふりかけ忘れてるじゃん」

私のお弁当を見た真由子が気づいた。ふりかけがかかってなくて、真っ白な米つぶがあらわになっている。

「ううん、私がふりかけいらないって言った」

保冷バッグから瓶を取り出す。これが、きょうの私のふりかけ。

「…………なんでかにみそ？」

「もらい物」

スプーンですくい取ってご飯の端にちょこんとのせた。

「もらい物って、だれから」

「えー、ないしょ」

「津吉か」

「なんでわかったの⁉」

「津吉が絡《から》むと町香はバカになるから」

「ひどい！」

長年の付き合いがあるとしても、真由子の読みはおそろしく鋭い。

「また変なアプローチしたでしょ」

「……してません」

真由子が大きなため息を吐《つ》く。

「それに乗せられる津吉も津吉だけどさ、なんでもっとふつうなやり方ができないわけ？　この際はっきり言わせてもらうけど、津吉に振られてからおかしくなってるよ、町香」

「そうかもしれないけど、うまくいってる気がするんだよね」

「それ絶対に勘違いだから」

「そうかなあ」

「そうだよ！　前は教室でかにみそを持ち出すような女子じゃなかったのに……」

うなだれる真由子を気に留めることなく、私は白飯をお箸で取った。その上にはかにみそがのっかっている。

匂いを感じないように鼻呼吸を止めて、ひと思いに頬張る。

しょっぱくて、苦くて、磯臭《いそくさ》い。見た目も相まってか、食べ物と思えるような風味ではない。口内が強烈な臭みでいっぱいになってくる。白米といっしょに食べても、まったく味が中和されていなかった。

「んぐ」

「ちょっと⁉　大丈夫⁉」

小刻みに首を横に振った。

最低限の咀嚼《そしゃく》で飲み込み、すぐさま水筒に口を付けて流し込んだ。

「ふう」

「そんなに苦手なら、わざわざ学校で食べなくても……」

「家で食べると親に心配されるから」

「私も心配になるわ！　……やっぱりおかしいよ、町香」

真由子には呆《あき》れられたけれど、私はこのかにみそを食べきるつもりでいた。

いっぱいがんばって津吉くんと仲良くなって、その成果がかにみそなのだ。苦くても臭くても、私にとっては愛おしい味であることには変わりない。

かにみそおいしい、かにみそおいしい、と自分に言い聞かせる。

自分自身に催眠をかけてから、もう一度スプーンを瓶のなかに突っ込んだ。

「町香、待って」

スプーンを持つ手を真由子が押さえた。

「なに……？」

「いよいよ本格的に顔色がヤバくなってる。かにみそとか、絶対に体調が悪いときに食べるものじゃない」

たしかに一口食べるだけで、ごりっと体力が持っていかれたような気がする。

ちゃんと噛《か》まずに飲み込んだせいか、喉元にも不快感がこみ上げてくる。

「言われてみれば、気持ち悪くなってきたかも……」

「ほら見ろ。やっぱり家に帰りなよ」

「でも部活に出られる日が……」

「しっかり体力を回復してから来たほうが集中できるでしょ。日数がなくて焦《あせ》るのはわかるけど、そういうときほどメリハリをつけないと」

「わかった……帰る……」

なんとなく食欲も削《そ》がれてしまったので、食べかけだけど弁当箱も蓋をした。

のそのそと帰る支度をしていると、真由子が心配そうに声を上げる。

「私、かにみそ食べられるからもらおうか？　食べきれないでしょ？」

「絶対だめ。津吉くんからの大事なプレゼントを奪おうとしないで。私だけのものだから」

「うわ、重たい女……」

「うるさい」

鞄《かばん》を持って立ち上がると、やっぱり頭がくらくらした。それに、鼻の奥に残るかにみその臭みのせいで吐き気がする。

「ちょっとトイレ寄ってから帰る……」

「言わんこっちゃない」

真由子に別れを告げ、ふらふらとトイレに向かう。

頭は回らないし吐き気もしていたけれど、かにみその入った保冷バッグだけは力強く握った。

七月二十四日

無理したせいで風邪を引いちゃった

あと二週間しかないのに、学校を休まないといけないなんて……

貴重な時間を無駄にするのが、怖くて辛《つら》い

（あと16日）

十話

終礼が済んでから十分ほど経《た》っているのに、まだ教室には喧騒《けんそう》が残されていた。

期末考査が終わったこともあり、クラスのあちこちで夏休みを話題に盛り上がっている。

僕は夏休みの行事とは無縁なので鞄を手に持ち帰宅しようとすると、ポケットのなかでスマホが震えた。

『同じクラスの西田《にしだ》です　勝手に友達追加してごめん　突然で悪いけど、町香《まちか》のことで話があるので松北《まつきた》公園まで来てください』

丁寧語とタメ語の混じった文面は、僕と西田さんの距離感そのものだった。同じクラスであってもほとんど話したことがないのだ。

それでも僕は行かざるを得ない。なぜなら佐古《さこ》さんが体調不良で休んでいたからだ。

西田さんならいまの佐古さんの容体も知っているかもしれない。

僕は『わかった』と手短に返信すると、早足で教室を出た。

ときどき地図アプリを確認しながら自転車をこぎ、学校から二十分ほどかけ松北公園に到着した。

その公園は住宅街の真ん中にあることもあって、狭めだった。おかげで目的の人物もすぐに見つかった。

僕は隅のほうにあるベンチに近づき、声をかけた。

「お待たせ、西田さん」

「来たな、津吉《つよし》」

ほとんど初対面なのに、西田さんの態度はとげとげしかった。

「とりあえず座って」

うながされるままに、間隔をあけて木製のベンチに腰掛ける。

同じベンチに座っていても、僕と西田さんの間には壁のようなものがあるのを感じた。

西田さんは僕のほうを向くことなくおもむろに口を開く。

「町香ってさあ、すごく真面目で素直な子なんだよ。というか素直すぎる」

遠い目をした西田さんが、疲弊感のある声で主張を始めた。

「中学のときから先生の言うことを真剣に聞いていて、予習復習はパーフェクトで授業中

も寝たことがない。あれだけ真面目にやってるのは町香くらいなんだよ」

「佐古さんから聞いた。ものすごくコツコツやってきたから成績がよくなったんだよね」

「そう。でもそれって、町香が素直だったからできたことなんだよね。『勉強しろ』って言われたから勉強したし、『予習復習しろ』って言われたから予習復習したんだ。だから、町香はちょっと危なっかしい」

「危なっかしい？　素直なのはいいことでしょ」

素直さが欠点になるとは思えず、僕は反発した。

西田さんはこの返答を想定していたかのように切り返す。

「そうとも限らないんだよ。たとえば詐欺師に『壺《つぼ》を買え』と言われても買っちゃうのが町香なんだよ」

「まさか。佐古さんは賢いから平気だよ」

「いまのたとえは極端かもしれないけど、あり得なくはないよ。私、中学のときから町香といっしょにいるから」

付属中出身のふたりの付き合いは、もう五年目になるはずだ。西田さんが言い切るくらいならその通りなのかもしれない。

西田さんのくっきりした眼《め》が僕を捉えた。

「私の言いたいこと、わかる？」

「いや……」

「津吉さあ、町香のこと『完璧だから』って言って振ったらしいじゃん。町香は素直だから、その言葉を真に受けちゃって、完璧なイメージを崩そうとしている。だから最近の言動がおかしいんだよ。ぜんぶ津吉のせいだからね」

荒っぽい声に叱りつけられ、僕はうつむいた。

完璧じゃなくなるために奇行に走っていた、というのはにわかに信じがたい話だったけれど、佐古さんは自らの口で「完璧なままではいたくない」と言っていた。

そのことを思うと、西田さんの言った通りかもしれない。僕は「完璧」という言葉で佐古さんを縛り付けていた可能性がある。

「それって間違いないの？」

「間違いない。だから、責任取ってどうにかしろ、津吉」

僕はどう返せばいいかわからなくなって顔を背けた。

西田さんも腕を組んで黙り込む。

我慢比べのような沈黙の末、唐突に西田さんが口を開いた。

「津吉はさあ、町香のこと嫌い？」

「嫌いじゃない」

「じゃあ好き？」

「それは…………」

「やっぱいまのナシ。そもそも町香みたいな女子から告白されて意識しない男子はいないし」

「…………」

「とにかく、町香と津吉の関係ってどこかズレてるんだよ。そのことをわかった上で町香と接するようにしてよ。あと絶対に悲しませるようなことはしないで」

「わ、わかった」

たぶん僕は意識しないところで佐古さんを振り回している。佐古さんと付き合いの長い西田さんは、そのことを正確に見抜いているのだ。

「ありがとう。教えてくれて」

「礼とかいいから。津吉の仕事は町香を泣かせないことだからな」

「善処します」

西田さんは僕の返答に「よろしい」と神妙な顔でうなずくと、ベンチから立ち上がった。

「それじゃ、行こっか」

「行くってどこに？」

「決まってるじゃん。町香の見舞いだよ。そのために呼び出したんだから」

「悪いよ。迷惑かもしれないし」

大きなため息が西田さんの口から漏れる。

「津吉はうじうじしてるところだけ治ればなあ……」

そう言いながら西田さんはどこかに電話をかけた。数秒で繋《つな》がり、スピーカーへと切り替えられた。

「もしもし町香？　起きてた？」

『うん、軽くフルーツ食べてたとこ』

相手は佐古さんだった。いつもより話し声がゆったりとしている。

「いまから見舞いに行くけどいい？」

『わあ。ありがとう。待ってるね』

「津吉も連れて行っていい？」

訊《き》くなり佐古さんの声がワントーン高くなる。

『津吉くんも来るの⁉』

言い切るなり『けほけほ』と咳《せ》き込む。

「落ち着きなよ。それにしても、津吉と聞いただけで喜びすぎじゃない？」

『えへへ。だってうれしいもん』

佐古さんが電話越しにはにかんでいるのが伝わる。西田さんにも聞かれていることが気恥ずかしくなってくる。

「そうかそうか、そんなにうれしいか町香」

『だって津吉くんだよ？　うれしいに決まってる。パジャマも着替えなきゃ。なにを着ようかな……』

「デート気分になってるじゃん」

『で、でーと⁉　ま、まあそうなるのかな。ちょっとわくわくしてきた』

テンションがやけに高い。熱で頭が緩くなっているのかもしれない。

というかこれ、僕が聞いていると気づいていないのでは。

「よし、じゃあ津吉に替わろう」

『えええ⁉　津吉くんと一緒にいたの⁉』

「いたよ。というかさっきから私のそばで聞いてた」

『うそお⁉』

驚いたように声を上げたあと、またしても『ごほごほ』と咳き込む。

「町香、大丈夫？　からかってごめん。ほら」

西田さんがなにか喋《しゃべ》れと目で訴えてきた。

さっきのくだりを聞いていたから、盗み聞きをしていたことが申し訳なくて、ためらいがちに声を発した。

「えっと、もしもし津吉です」

『あぅ』

「体調はどう？」

『ちょっとよくなってきた……かな』

「そう、よかった。いまからお見舞いに行って大丈夫なんだよね？」

『やっぱり恥ずかしいから来ないで』

「えっ……」

『うそ。来て』

「わかった。パジャマのままでいいからね」

『……津吉くんのいじわる！』

ぶつりと電話が切れた。

体調不良というから元気がないものかと思っていたけれど、ふだんよりテンションが高いくらいで安心した。熱が出たときに甘えん坊になるようなものだろう。

「言ったでしょ。津吉が行けば町香も喜ぶから」

僕は女子の家に遊びに行ったことなんてなく、お見舞いも初めてだ。

妙に緊張してしまうけれど、佐古さんの期待しているような声を聞いてしまい、行かざるを得ないという気持ちになっていた。

「うん、行くよ。案内してもらってもいい？」

僕の返事を聞くと、西田さんの表情が初めて緩んだ。

「初めからそのつもり」

僕らは松北公園をあとにして閑静な住宅街へと歩を進めた。


ここ、と西田さんが指差した一軒家は公園からわずか数分の場所で、僕はまだ気持ちの準備ができていなかった。

モダンな三階建ての門扉《もんぴ》には「佐古」と彫られた石の表札がかけられていて、やっとこさ彼女の家に来たことを実感させられる。緊張で手の中に汗がにじみ始めていた。

落ち着かない僕とは対照的に、西田さんは慣れた手つきでインターホンを押した。

「西田です。町香のお見舞いに来ました」

『あらマユちゃん、いらっしゃい。すぐ玄関開けるね』

「ありがとうございます」

　ほどなくして玄関から現れたのは、佐古さんによく似た美人だった。眼の形が特によく似ている気がする。

　紹介を受けるまでもなく、佐古さんのお母さんだとわかった。

　西田さんは朗らかな声であいさつする。

「町香ママ、久しぶりです！」

「久しぶり〜！　おっと、そちらの男の子は？」

　佐古さんのお母さんが僕の存在に気づいた。用意していた自己紹介をすぐに投げかける。

「えっと、佐古さん——町香さんの友達の津吉です」

「あらあら、ご丁寧にどうも。芽衣子《めいこ》と言います」

　そう告げるやいなや、芽衣子さんは眼を細めてニヤニヤし始めた。

「あなたが津吉くんね……ふうん……」

　思わせぶりなことを言いながら、芽衣子さんは僕の全身をなめるように見た。その間、終始うれしそうな顔をしていた。

そして最後ににこりと笑ったあと、僕らを玄関のなかへと招いた。

「さ、どうぞどうぞ。町香は三階にいるから、勝手に上がっていいからね」

「ありがとうございます」

西田さんはこの家に慣れているらしく、案内なしで階段を上り始めた。

あとに続こうとすると、背後から芽衣子さんに耳打ちされた。

「本当は晩ご飯も食べていってほしいくらいだけど、お父さんが帰ってくるまでには出たほうがいいかも。最近のうちのひと、町香のことでちょっとナーバスになってるから」

これまでに佐古さんの口からお父さんのことは聞かされていた。

やりたいことがない佐古さんにたくさんのことを勧めてきたひと。そして、最近になって「言いたいことがあるなら言いなさい」と怒ったひと。

なんとなくだけど、難しい相手なのは想像できた。

「わかりました。すぐ帰ります」

芽衣子さんとの会話を聞いていたのか、階段の踊り場で西田さんが振り向いた。

「町香ママは津吉のこと知ってたんですか?」

「もちろんよ」

「どうやって知ったんですか?　まさかとは思いますけど、町香の日記を勝手に見たりしてないですよね」

「いいえ。本当は見たくて仕方ないのだけど、一回バレてから隠すようになっちゃってね。マユちゃんは隠し場所に心当たりない？」

西田さんはドン引きしながら芽衣子さんを見下ろす。

「部屋を漁《あさ》られてるって町香にチクっときますね」

「……マユちゃん、それだけはやめてね？　町香が口を利《き》いてくれなくなるから。前なんて三日も喋ってくれなくなったから」

「自業自得《じごうじとく》でしょ」

西田さんに追いつめられて、芽衣子さんはあわあわしていた。これじゃあどっちが大人かわからない。

西田さんは口をへの字に結ぶと、再び階段を上り始めた。僕もそれに続いた。あと背後からは「マユちゃん、お願い……」と泣きそうな声が聞こえた。

階段を上ってすぐのところに、佐古さんの部屋があった。ドアには「まちか」と書かれた木製のプレートがかかっている。

初めての女子の部屋。この扉の向こうで、佐古さんはパジャマ姿で寝ているのだ。

速まる鼓動を静めるために深呼吸しようとしたけれど、西田さんはお構いなしにドアをノックした。

「町香、入るよ」

開かれたドアの隙間から、エアコンの冷気が流れ出た。清涼感と安らぎを感じる香り。アロマかなにかだろうか。

なかに入ると、カーテンの隙間から入り込む陽光がぼんやりと部屋を照らしていた。

整理整頓が行き届いたきれいな部屋だった。床にはラグが敷いてあって、本棚には洒落《しゃれ》た小物が並べられている。

「おはよう、町香。電気つけていい？」

西田さんが訊《たず》ねると、ベッドの上で人影がもぞりと動く。

「あ、真由子《まゆこ》。うん、つけて」

西田さんがスイッチを押すと部屋が明るくなった。

仰向けになっている佐古さんの顔がはっきりと見えた。いつもより目がとろんとしていて、やや前髪が乱れている。薄手の掛布団《かけぶとん》からは、薄黄色のパジャマの襟がのぞいていた。

僕の存在に気づくと、ぼんやりとした目がはっと見開かれ、そのまま掛布団のなかに潜ってしまった。

「ど、どうも……佐古さん……」

「やっぱり恥ずかしい……。さっきのことは忘れて……」

掛布団が波打ち、佐古さんが丸まったのがわかる。

西田さんは苦笑しながら言った。

「顔を見せてくれないと、見舞いに来た意味ないじゃん」

僕を責めたときとは違って西田さんの声色は優しかった。年の離れた妹の子守りでもしているかのようだった。

西田さんは鞄《かばん》のなかからコンビニのレジ袋を取り出し、勉強机の上に置いた。

「スポーツドリンクとかいろいろ買ってきたから、ここに置いとくね」

「うわあ。ありがとー」

やっと佐古さんが布団から顔を出した。マスクをしているせいで声がくぐもっている。

役目は終えたと言わんばかりに、西田さんが鞄を肩に掛けた。

「それじゃ、私は学校に戻るわ。津吉、あとは任せた」

「えっ⁉」

思わず素っ頓狂な声が出た。

「だって吹部あるし。町香とは違って、まだまだ下手だから」

「そ、そういうことなら僕も帰ろうかな」

西田さんがいてくれたから、初めての女子の部屋に動揺せずにいられたのだ。緩衝材として西田さんがいてくれないと、この部屋で息ができる気がしない。

しかし西田さんは僕を突き放す。

「津吉は残るに決まってるでしょ。帰宅部でテストも終わったのに、用事があるっての？」

「用事はないけどさ、さすがに迷惑でしょ」

「迷惑かどうか決めるのは町香だって。町香は津吉に残ってほしいの？　帰ってほしいの？」

問われた佐古さんは頬を赤くしながら考えたあと、上目遣いで僕を見つめた。

「もうちょっと、いて」

甘えるような声が僕の心臓を鷲摑《わしづか》みにする。不安そうに瞳が揺れ、八の字の眉が寂しさを主張する。

このお願いを断れる男子はこの世にいないだろう。

「……わかった」

「ありがと」

破顔しながら礼を言う佐古さんを見て、再び心臓がぎゅっと締め付けられた。

西田さんが鞄を肩に掛けなおす。

「じゃ、私は帰るね」

「ありがとね、真由子。ばいばい」

「バイバイ」

去り際に、西田さんは僕の脛《すね》を蹴りつけた。

「なんで⁉」

「私には全然甘えてくれないのに、津吉にだけは甘々だからムカついた」

声を抑えながら西田さんが言った。いくらなんでも理不尽すぎる。

「じゃ、不本意だけど町香のことよろしく」

「不本意なら残ればいいのに」

僕の精いっぱいの反論はあっさり無視され、西田さんは部屋から出ていった。

ふたりきりになったとたん、エアコンの鈍い稼働《かどう》音が部屋に響き渡る。

どうしたらいいのかわからず立ち尽くしていると、ふふ、と佐古さんが笑った。

「勉強机の椅子使って。あと、せっかくだから近くに来て」

「う、うん」

佐古さんの枕元に椅子を動かし腰掛ける。なにか話さないと。

「体調はどんなかんじ？」

「もうほとんど回復したかな。明日には行けると思うよ」

「それはよかった」

そう相槌《あいづち》を打つと、そこで会話が途切れた。

いつもLINEで話しているときとは違って、うまく言葉が出てこないのがもどかしい。

話題を探していると、先に佐古さんが口を開いた。

「勉強会の日に濡《ぬ》れたままでいたのがよくなかったみたい。あの日から、ずっと調子が悪くって」

勉強会といえば、僕が告白まがいの失言をした日だ。思い出すと顔から火が出そうになって、慌てて話題を逸《そ》らす。

「そういえば、テストのときに寝落ちしそうになっていたもんね。テストって地味に体力を使うから、それで風邪が本格化したのかも」

「たぶんそうだと思う。津吉くんもいっぱい勉強したから疲れてるんじゃない？」

「うん、疲れは残ってるよ。睡眠時間も削って勉強したからね」

テスト目前の数日間は、かなり無理をして詰め込んだ。必要最低限しか寝ていなかったような気がする。

「じゃあ、いまも眠い？」

とろんとした声で問われると、急に身体《からだ》が眠気を覚えた。

すべてのテストが終わってから十二分に睡眠は取ったつもりだったけれど、まだ身体には疲労が残っているらしい。

「言われてみれば眠いかもしれない」

「へえ」

佐古さんがにんまりと笑ったのがわかった。毎度のことだから予測できてしまうけれど、この表情は佐古さんが奇行に走ったり暴走するときの前触れだ。

警戒心を高めていると、佐古さんはもぞもぞと動いてベッドの奥に詰めた。布団の上に、ちょうどひとりぶんのスペースが空く。

佐古さんは掛布団をめくりあげ、僕を誘った。

「じゃあ、津吉くんも寝よ？」

思考が完全停止した。なんとか一息入れてから、冷静に返す。

「風邪引いてるんでしょ。うつっちゃうよ」

「もうほとんど治ってるよ」

「ほら、一階には芽衣子さんがいるし」

「お母さんならこの時間は料理してるから大丈夫」

「でも」

なんとか逃れようと思って必死に言い訳を探した。付き合ってもいない女の子の布団に入れるほど、僕の肝は据わっていない。

僕があたふたしていると、佐古さんは外堀を埋めにかかった。

「津吉くんが布団に入ってきても私はだれにも言わないよ。絶対にふたりだけの秘密にする。そうすればなにも問題ないよね？　それに津吉くんは私のこと………だもんね？本当は私の隣に来たいよね？」

その話だけは引き合いに出さないでほしかった……。顔から火が出そうだ。

それはともかく、なんとしてもベッドに上がるのだけは回避したかった。そう思って言い訳を探していると、佐古さんが切なそうな声を漏らした。

「私のこと嫌い？　嫌いだから隣に来てくれないの？」

寂しがっているのは演技だろうと予想はできたけど、僕は根っからそういうのに弱い。

「そういうことじゃなくて」

「津吉くんは完璧じゃない女の子がいいんでしょ。不細工で、女子力がなくて、不真面目で、はしたなくて、そういう女の子がいいんじゃないの？　いまの私じゃだめなの

「……？」

はっとして佐古さんの顔を見た。

西田さんの言った通り、告白を断ったところからすべては始まっていたのだ。佐古さんは自分の完璧というイメージを壊すために、不可解な行動を繰り返していたのだ。

つまり、佐古さんを「完璧」という言葉の檻《おり》に入れたのは、僕なのだ。

「私のこと、嫌いじゃないなら証明してみせて」

逃げようがなかった。僕が誤解を与えるような言い方をしたせいで、佐古さんの振る舞い方は歪《ゆが》んだのだから。

椅子から腰を浮かせ、ゆっくりとベッドの端に身体を寝かせた。できるかぎり佐古さんと距離を取ったから、身体の半分がベッドからはみ出している。

でもその距離感が不満だったらしく、佐古さんはうなるように言った。

「遠いよ」

僕のネクタイが摑《つか》まれ、強引に引っ張られた。

首が締め付けられて呼吸が止まり、やむなく身体を回転させて完全にベッドに上がった。

すると佐古さんの頭が目と鼻の先まで来た。

僕らの息遣いが重なり、体温がゆっくりと混ざって溶けていく。早鐘を打つ鼓動さえも同期しているような気がした。気を抜けば、自分と相手の境目がなくなってしまいそうだった。

「津吉くんは」吐息交じりに佐古さんが言う。「こんなふうに強引なことするような女子って嫌い？　はしたないって思う？」

「はしたないというか、心臓に悪いからやめてほしい……」

控えめに拒絶したつもりだったのに、佐古さんは僕の胸にすがりついてきた。その小さな額が僕の肩甲骨《けんこうこつ》に触れる。

「ちょ、佐古さん……！」

「本当はこうしてほしいんでしょ……？」

そういうことか。佐古さんは完璧じゃなくなるために天邪鬼《あまのじゃく》な行動を取っているのだ。

「ごめんね。テストの結果が出る前にこんなことするなんて、ずるいってわかっているから。でもきょうだけは許して」

擦り切れそうな声だった。僕のワイシャツ越しに、佐古さんの不安定な呼吸が伝わってくる。

天邪鬼だから佐古さんは大胆になっているのだと思っていた。でも、これは寂しさを発露させているだけじゃないのか。

「なにかあったの？」

佐古さんの肩が震えた。吐き出された呼気は浅く、動揺しているのが伝わった。

たぶんだけど、佐古さんは風邪のせいで精神が弱っているのだろう。

僕も小学生のときは、風邪を引いて寂しい思いをした。親が共働きだから家で独りになって、すごく心細かった記憶がある。

きっと佐古さんも似たようなものだろう。

「明日になったら平気になってるよ。風邪ってそういうものだから」

「そう……そうだよね。明日になれば……」

慰めただけでは気休めにしかならないらしく、まだ声が震えていた。

どうにかして元気づけてあげたい。でも、どうすれば。

うんと悩んだ末、僕はおっかなびっくり右腕を佐古さんの肩に回した。

僕の手が触れた瞬間、佐古さんはびっくりしたみたいに震えた。しかし、すぐに僕の腕のなかに落ち着いた。

心臓がばくばく言っている。もちろん僕は女の子を抱きしめたことなんてないし、佐古さんは僕のカノジョじゃない。

こうすることが正解かわからないけれど、いまの僕にはこうすることしかできなかった。

「……頭、なでて」

佐古さんが消え入りそうな声で呟《つぶや》いた。

僕は深呼吸すると、そっと佐古さんの頭に右手をのせた。力加減なんてわからないから、精いっぱい優しく触れた。

さらさらの髪をすくようになでていると、気づけば佐古さんは静かに寝息を立て始めていた。僕はそのことを確認して一息つく。

こういう寂しさは寝ているうちに治るものだから、起きた頃には元気になっているだろう。

佐古さんの肩が小さく上下するのを肌で感じていると、僕もつられるようにして眠くなってきた。ここにきて寝不足が響いている。

うつらうつらしているうちに、いつの間にか意識がまどろみの底に沈んでいった。

次に意識が覚醒したとき、僕は異様に焦《あせ》った。どのくらい時間が経《た》ったかわからなかったからだ。

佐古さんを起こさないようにそろりとベッドを降り、スマホで時間を確認した。この家にお邪魔してから一時間弱といったところか。いますぐにでも帰ったほうがいいだろう。

佐古さんのお父さんが帰ってきてしまう。

「また明日、佐古さん」

静かに告げて、音が鳴らないように扉を閉めた。

階段を下りていると、途中で芽衣子さんと鉢合わせた。

「あら、ちょうど呼びに行こうと思ったところだったのよ」

「すみません。長居してしまって」

ふたり揃《そろ》って一階まで下り、玄関までの廊下を進む。

「お見舞いに来てくれてありがとうね」

「いえ、こちらこそお邪魔してすみません」

「今度は町香が元気なときに来てほしいわ。そのときは、ふたりの馴《な》れ初《そ》めを聞かせて」

「そういうのじゃないです！」

「知ってるわ。うちのかわいい娘を振ったのでしょう？」

知られていたのか！

笑顔で圧をかけられ、背筋が冷たくなる。

「そ、その節は大変申し訳ありませんでした……」

「冗談よ。別に謝らなくていいの。むしろ振ってくれてよかったと思ってるくらい」

「え、どうしてですか……？」

やっぱり僕と佐古さんでは不釣り合いだからだろうか。

「自分の娘に言うことじゃないかもしれないけれど、町香ってすごくしっかりしてると思わない？　だからね、自分の恋愛感情に振り回されているのを見て、ちょっと安心してるのよね」

「……そんなに感情的でしょうか」

「あの子ね、津吉くんに振られて泣いてたのよ」

「あっ……。本当にすみません……！」

僕は腰を直角に折って謝った。

芽衣子さんは「そういうつもりじゃなくて」と慌てて訂正する。

「町香はね、小さい頃から泣かない子だったの。本当にしっかりした子で、ほとんど親の手がかからないくらいでね。だから、恋愛だけでもお子ちゃまでうれしいの。好きな男子のことになると泣いちゃうくらい真剣になるんだって」

ふふふ、と芽衣子さんが微笑《ほほえ》んだ。佐古さんと同じ笑い方だ。

僕は佐古さんを泣かせた当人だから、芽衣子さんの話がむずがゆくて目を逸《そ》らす。

「あのう、僕はその話を聞かされてどうしたらいいんですか……？」

「あら失礼。別に町香と付き合えとかは言わないわ。津吉くんにだって相手を選ぶ権利があるんだから。でも、よかったら町香と仲良くしてあげてほしいかしら」

「それは、もちろんです」

はっきりと応えると、芽衣子さんが目を細めた。

「そう、よかった。……さてさて、津吉くんもそろそろ帰ったほうがいいかな。お父さんが帰ってきちゃうから。きょうは町香のために早上がりするらしくて――」

がちゃり、と玄関が音を立てた。入ってきた人物を見て僕は固まった。

紺を基調とした高そうなスーツと、整えられた髪。顔には小皺《こじわ》が刻まれていたけれど、背筋が伸びているぶん、そこまで歳《とし》を取っていないように見える。まさに質実剛健といった出《い》で立ちだった。

このエリートサラリーマンがだれなのか、訊《たず》ねるまでもなかった。

どうやら僕は帰るタイミングを逸したらしい。

「あらあなた、おかえり。この子、町香の友達の津吉くんね。お見舞いに来てくれたの」

佐古さんのお父さんは僕のことをじっと見つめてきて、僕の背中にいやな汗がにじむ。

心なしか、顔の皺が深くなったような気がする。

「町香の父の道彦《みちひこ》です。いつも娘がお世話になっています」

「あ、いえ、こちらこそ……。津吉晴です」

あいさつが済むと、互いに探り合うような時間が発生してしまい、たいへん居心地が悪くなった。

僕は一刻も早く帰路につきたくて、へこへこと頭を下げた。

「それじゃあ、これで失礼します……」

道彦さんの脇を抜け、そそくさと靴を履いて玄関を開けようとすると、背後からがっしりと肩を掴まれた。

「津吉くんと言ったね。もしよければ少し残っていかないか。……スイーツもあるから」

そう言って道彦さんは紙箱を持ち上げる。

口調は穏やかだったけれど、その鉄面皮からはまるで感情が読み取れず、恐怖心が煽《あお》られた。

走って逃げよう、と本能が危険信号を発した。でも失礼なことをしたら「津吉くんとは関わるな」なんて佐古さんに言うかもしれない。

どうすれば丸く収まるか考えた結果、ため息を堪《こら》えながら再び廊下に上がった。

通された一階のリビングは、思っていたよりもずっと広かった。

部屋の奥には洒落《しゃれ》たシステムキッチンがあり、スペースに余裕を持って配置された家具は、色調やデザインが統一されている。そして、ソファの前には大きな薄型テレビが陣取っている。

まるで家具屋のモデルルームをそのまま持ってきたみたいな部屋だった。

見惚《みと》れてしまうくらい洒落た部屋だったけれど、僕には部屋を見渡す余裕はなかった。テーブルを挟んだ向こう側に道彦さんが座っているからだ。

芽衣子さんは夕食の支度を始めてしまったので、助《すけ》っ人《と》もいない。

椅子に向かいあってからというもの、道彦さんはまったく口を開かなかった。そのせいで気まずい沈黙が続く。

僕は緊張でかちこちになり、テーブルの木目を目でなぞることで気を紛らわせていた。

「町香は――」

一切の前触れなく道彦さんが声を発したので、僕はすぐに身構えた。

「――学校で楽しそうにしているか？」

「……はあ、はい。そう思います」

訊《き》き方が曖昧だったせいで、ふんわりとした返事しかできなかった。

道彦さんは構うことなく重ねて訊ねた。

「町香はちゃんと勉強してるか？」

「そうですね。テストの結果もすごいですし」

「町香は友達と仲良くやってるか？」

「ええ、人気者なくらいだと思います」

「町香は部活もがんばっているか？」

「同じ部活じゃないのでわからないです」

立て続けに佐古さんに関する質問を浴びせられ、ついうんざりしてしまった。

過保護な父親像をイメージしていたけど、単に心配性なだけではないだろうか。度が過ぎるとは思うけれど。

道彦さんはまだまだ訊きたいことがあるらしく、落ち着きがなかった。娘のことが気になって仕方ないのだろう。

しばらくすると、また質問を思いついたらしく口を開く。

「町香は――」

「あなた、津吉くんが困ってるでしょ」

っている。


芽衣子さんがキッチンから出てきた。両手で持ったトレイには、瓶詰のプリンが三つの
「はいどうぞ。このひとが買ってきたやつね」

「そんな、悪いです」

「いいのいいの」

芽衣子さんは僕にプリンとスプーンを手渡すと、道彦さんの隣に座った。料理がひと段落したのだろう。

「道彦さんが質問攻めにするのは許してあげて。うちの子、いい報告しかしないから気になってしまうの」

「いい報告っていうのは、テストで何位を取った、みたいな話ですか？」

「そうそう。あとは友達とどんな話をしたとか、部活でどんなことがあったとかね。でも、聞いていて楽しい話ばかりなの。年頃の女の子って、もっと悩んだり嫌なことがあったりするものじゃない？　町香はぜんぜんそういう話をしないから……」

家族と仲がいいなら、愚痴をこぼしたりしそうなものだ。佐古さんは家にいるときも完璧な振る舞いをしているのだろうか。

首をひねっていると、道彦さんも重苦しそうな声を出した。

「クリスマスや誕生日も、本当に欲しいものがわからなくて困る。少しくらい高価なものでもいいのに」

「我慢してるってことですか？」

「わがままを言ったことがないだけだ。我慢しているかどうかすらわからない」

　そういえば佐古さん本人も「わがままになりたい」と口にしていた。親子ともにコミュニケーション不足を感じているということか。

　芽衣子さんも物寂しそうな顔をしながら言う。

「過度に期待したり抑圧したつもりはないの。もっと欲しいものを買ってあげたいし、やりたいことがあれば応援するつもりでいるの。でも、町香はそういう話をまったくしないから……」

　ああそうか、と気づく。この家庭は幸せ過ぎるのだ。

　芽衣子さんも道彦さんも一人娘を心から愛していて、生活にはゆとりがあって、甘えようと思えばいくらでも甘えられる。

　でも、佐古さんは甘えなかった。真面目で素直な性格を生まれ持ったから、他者よりも恵まれた環境にいることをしっかりと自覚して、ストイックな姿勢を貫いた。だから、まったく手のかからない子供に育ってしまったのだろう。

道彦さんもうなだれながら芽衣子さんに同意する。

「わがままを言ってくれないから、小さい頃からあれこれ勧めてしまった。習い事も勉強も進路も自分で選んでくれなくて、結局はこちらから勧めたものになってしまった」

これも佐古さんの言っていた通りだ。

親から勧められた通りにやってきただけ、と。

「英検準一級も道彦さんが勧めたんですよね？　そういうふうに聞いたんですけど」

「どのように言っていた？　受験したことを後悔していたか？」

道彦さんが食い気味になる。

「いえ、後悔したようすはなかったですけど……」

「津吉くん、ほかに娘はわがままを言っていなかったか？　学校でなら、家では黙っていることも言っているんじゃないか？　私は娘のわがままを叶《かな》えてやりたいんだ……」

「わがままですか……」

問われて真っ先に思い出すのは、佐古さんのなにかに怯《おび》えている顔だった。勉強会のときや、いまさっきのお見舞いでもそうだ。

わがままとは少し違うかもしれないけれど、佐古さんが苦しんでいることはたしかだ。でも、肝心な苦しみの原因はわからない。

「たしかに不満を抱えていそうな気はしますけど……」

「本当か？　なにがあった？」

「あ、いえ、変なことは一切なかったんですけど」

ふたりきりの部屋で脚を絡《から》み合わせたことや、同じ布団《ふとん》に入って抱きしめたことは、うかつに口にできない。秘密にすると約束していたから。

「そうか……。もし町香がわがままを言うことがあったら、私に教えてくれないか」

「わかりました」

手掛かりなしに終わってしまい、道彦さんが落胆する。

僕を帰さなかったのは佐古さんのことを訊くためだったのだろうけど、力になれなかったのが申し訳なかった。

「ごめんなさいね。面倒な話ばかりで」

芽衣子さんがプリンの容器を持って椅子を後ろに引く。

「いえ、町香さんの昔のことはあまり知らなかったので、よかったです」

「そう、気を遣わせちゃってごめんなさいね。私は夕ご飯の支度に戻るけれど、津吉くんはどうする？　もっと道彦さんと話していく？」

芽衣子さんが冗談ぽく訊《たず》ねた。

道彦さんと長話するとなると、気疲れするのは目に見えていた。たぶん芽衣子さんは帰るタイミングを作ってくれたのだろう。

僕は急いでプリンの残りをかきこみ、椅子を引いた。それから道彦さんに頭を下げる。

「あの、色々とありがとうございました。プリンも美味《おい》しかったです」

「重苦しい話ばかりして済まなかった。娘がなにか言っていたら、そのときはよろしく頼みたい。おそらく私は、余計なことを勧めてしまったから」

余計なこと。たしかに道彦さんはそう言った。それが佐古さんの悩みの種という可能性があるかもしれない。

「あの――」

訊ねようとしたとき、リビングのドアが開けられた。パジャマ姿の佐古さんだった。

「あれ？　津吉くんまだ帰ってなかったの？」

「うん、ちょっとね」

芽衣子さんは佐古さんに近寄ると、右手でおでこに触れた。

「だいぶ下がったみたいね」

「うん、もう元気」

「食欲ある？」

「ふつうに食べれそう」

佐古さんはすごく自然に受け答えしていて、さっき寂しそうにしていたのが嘘《うそ》みたいだった。

「それじゃあ、もう帰ります。邪魔をしても悪いですし」

「えー。食べていけばいいのに」

佐古さんが頰を膨らませ、僕のワイシャツの袖を引っ張った。

両親の前なのに自然に甘えてくるから、ちょっとびっくりした。

「いやもう帰るよ。僕も家に帰れば食べるものがあるから」

「そっか……じゃあ仕方ないね……」

佐古さんは残念そうにワイシャツの袖を手放し、僕はリビングを出た。

お見送りには佐古さんと芽衣子さんが来てくれて、玄関で靴を履いていると芽衣子さんが耳打ちしてきた。

「さっきのプリン、町香の好物なの。甘いものならだいたい喜ぶから、プレゼントの参考にしてみて」

「ねえ、なに話してるの」

「ふふふ、町香には内緒」

こうして親子が並んでいるところを見ると、目元や人柄の雰囲気などがよく似ている。芽衣子さんのほうが茶目っ気があるけれど。

「お邪魔しました。では」

「ぜひまた来てね」と芽衣子さんが微笑《ほほえ》む。

「また明日」と佐古さんが笑顔で手を振る。

背後でがちゃりと扉が閉まり、僕は深く長いため息を吐《つ》いた。

色々あったけれど、最後に芽衣子さんが言ったことが耳に残っていた。

「かにみそ、プレゼントしちゃったよ……」

原因が僕にあるとはいえ、塩辛いものが好きだというのも嘘だったらしい。いつかは誤解を解かないといけないだろう。

そして、佐古さんが極端な素直さに縛られていることが事実だとわかった。わがままになりたくてもなれない性格。それで佐古さんは悩んでいるらしい。

力になれたらと思うけれど、いまの僕にできることはなにも思いつかず、覚束《おぼつか》ない足取りで帰路についた。

七月二十五日

体調が悪いと、どうしてあんなに寂しくなるのだろう
強引な甘え方をして津吉くんに迷惑をかけてしまった
私、ちゃんと完璧なイメージを壊せているかな
津吉くんの好みの女の子になれているかな
残り二週間、なんとかして関係を前に進めないと……
（あと15日）

十一話

校舎の階段を上り切ると、二年生の掲示板の前にひとだかりができていた。

きょうは一学期の最終日になる。つまり、テストの順位が張り出されているはずだ。

ここ数週間、僕は妥協せずにやれることはすべてやった。

帰宅部だから勉強時間は佐古《さこ》さんより長く取れたし、教科によっては佐古さんに教えてあげられるくらいになっていた。

手応えはじゅうぶんある。すでにテストはいくつか返却されたけど、大きく失点した教科はなかった。

勝てば告白。負けたときのことは……考えていない。

恋心を理由に勉強するなんてどうかしてるとは思うけれど、自分の意志に従ってやったことだ。後悔なんてない。

賑《にぎ》わう人混みに目をやれば、盛り上がっている生徒が半分、ため息を吐《つ》く生徒がもう半分くらいに見えた。

緊張するあまり、心臓がぎゅっと握られているみたいに痛む。

覚悟を決めて掲示板の前まで進み、上から順番に確認していく。探すのは、僕の名前と佐古さんの名前。どちらが先に来るか。

しかし、偶然にもふたりの名前は同時に目に付いた。

『九位　四組　佐古町香《まちか》　５６４点』

『十位　四組　津吉晴《つよしはる》　５６３点』

掲示板に張り出された点数は、覆《くつがえ》しようもない優劣を僕に見せつけた。

たった一点、たった一位の差。

何度も並んだ数字を見比べたけれど、そのたびに勝てなかったという事実が網膜に焼き付いてくる。

高校一年のときの順位を思えば上出来かもしれない。しかし、いまの僕にはこの結果では意味がないのだ。

僕にはまだ、佐古さんの隣に立つ資格がない。告白は許されない。

敗北という結果から目を逸《そ》らすように振り返り、掲示板から離れた。

それからのことは、ぼんやりとしか頭に入ってこなかった。

唯一くっきりと思い出せるのは、あとから登校してきた佐古さんの顔だった。

掲示板を見てきたらしく、なんとも言えない曇りがちな目を僕に向けていた。僕は申し訳なさと恥ずかしさで顔を伏せた。

朝礼のあとは残っていたテストの返却や修了式があり、いつの間にか終礼も終わっていた。

放課後になると、夏休みの到来にクラスじゅうが浮足立っていた。だけど僕には高揚感のかけらすらなくて、早く帰ろうと思った。

鞄《かばん》を持ってふらふらと立ち上がると、引き留めるように鞄が摑《つか》まれる。

「待てよ、津吉」

拓海《たくみ》だった。終礼は寝て過ごしていたはずなのに。

「テストで十位を取ってなにが不満なんだよ。もっと調子に乗って自慢しないと、津吉より下の二百人に失礼だろ」

「調子に乗るために勉強したんじゃない」

「なに言ってんだよ。成績上位者の特権だろ？　おれは三十二位だったが、それでも大満足だし気分は上々だ。津吉は十位なんだし、おれより堂々としていいんだぜ？」

おそらく拓海は、僕が落ち込んでいることに気づいて心配しているのだろう。

でも、僕がこだわっていたのは順位ではなく勝敗だ。

「佐古さんに勝とうとしていたんだ。そうすれば、佐古さんが高嶺《たかね》の花じゃなくなるかもしれないと思って」

拓海は驚いたように僕を見上げる。

「……勝てたら告白するつもりだったのか」

「……まあ、うん」

「たしか佐古の順位は……」

「九位だったよ。僕と一点差」

「…………だったよな。さっきは適当なこと言った。すまん」

いつものことながら、困ってしまうくらいの察しのよさだ。

「僕、拓海に茶化される前提で打ち明けたんだけど……」

「本気でやったことなんだろ？　さすがにネタにするのは気が引ける」

珍しく拓海が生真面目な顔をした。こういうところがあるから憎めない。

「なんだかんだ、拓海ってイケメンだね」

「まあな」

拓海は当たり前のことのようにうなずくと、部活に行く準備を始めた。机の中身をすべて鞄に突っ込むと、僕の顔を見て不敵に笑った。

「まあでもそれだけ僅差なら、次のテストは勝ったも同然だな」

「次……次か。そうだよね」

拓海の言う通りだ。まだ一度目の挑戦で負けたに過ぎない。ここでふさぎ込んでいると、また佐古さんに「うじうじするのはかっこ悪い」と言われてしまう。

「二学期にリベンジするよ」

「そうか。初カノジョおめでとう。先に言っておく」

「気が早いって」

拓海の冗談に、やっと少しだけ笑い返すことができた。

まだ立ち直れてはいないけれど、多少は楽になった。

「ありがとう。がんばるよ」

「愛する女のためなら、えんやこら」

「うるさい」

拓海は僕の文句を無視すると、大きな鞄を担《かつ》ぎ上げた。

「じゃな。夏明けに」

「うん、拓海も部活、がんばれ」

「おう」

僕のことを散々いじったくせに、拓海は涼しい顔をして去っていった。

帰宅部の僕は夏休みの予定がほとんどない。拓海はもちろんのこと、クラスメイトと顔を合わせることもないだろう。

ちらりと教室の前のほうに目をやれば、佐古さんが女子集団の中心で歓談していた。その盛り上がりようから察するに、友達どうしで出掛ける先を決めているらしかった。

もし僕が勝って告白できていれば、佐古さんとふたりで出掛けたりしていたかもしれない。そう思うと、なおさらテストで敗北したことが悔やまれた。

「仕方ない。次、がんばろう」

でもうつむいていちゃだめだ。何度でも挑み続けないと。


靴を履き替えて校舎から一歩出ると、太陽の眩《まぶ》しさに思わず目をつぶった。うだるような暑さのなか自転車を取り出す。

校門前でサドルにまたがった瞬間、ぐぐ、と引っ張られるような感覚がして自転車が止まった。

「津吉くん、待って！」

振り返ると、佐古さんが荷台を掴みながら肩で息をしていた。鞄は持っていなかった。

「なにか用事？」

「こ、これ……」

佐古さんは荒い呼吸を繰り返しながら、手汗でふやけた一枚の用紙を手渡してきた。先日に返却された地理の答案用紙だった。佐古さんらしく、ほとんど満点だ。

わざわざテストを見せるために追ってきたというのか。

佐古さんは息を切らしながら答案用紙を指差す。

「大問一の、六番、を見て」

「……正解してるね」

「それ、津吉くんが起こしてくれたから、見直しで間違いに、気づけたの……」

佐古さんは八の字の眉に引っかかった汗を手で拭うと、頭を上げた。

「あのとき私、体調がよくなくて見直しするのを諦めてたの。津吉くんが励ましてくれなかったら、その二点は取れてなかった……」

「二点……」

僕は一点差で佐古さんに負けた。つまり、その二点の正誤によって順位は左右されてしまったのだ。

ばつが悪そうに佐古さんが訊《たず》ねる。

「本当は津吉くんが勝ってた、とか言ったら怒る……？」

「怒りはしないよ。でも勝ったのは佐古さんで変わりはない。誤答に気づけたのは佐古さんの実力だから」

「だよね……。『私が負けたことでいい』って喚《わめ》いたとしても、津吉くんはそういうの認めてくれないよね……」

「そうだね。妥協したくないし。でも次のテストは勝たせてもらうから」

「次なんてないよ」

ぞっとするくらい冷たい声に切り替わったので、僕は耳を疑った。

「次がないっていうのは、どういう……」

「ごめんごめん。次のテストのことなんて気にしなくていいって言いたかったの。ほら、場合によっては津吉くんが勝ってたかもしれないんだし、引き分けってことにしてテストのことは忘れようよ。いいでしょ、引き分けなら」

「引き分けかあ。それならまあ……」

「よし、じゃあテストのことはもう忘れてね？　負けたからってくよくよしちゃだめだよ。わかった？」

「わかりました」

僕は佐古さんの勢いに押し切られて首を縦に振った。

「はい、じゃあこれ」

今度は一枚のチラシを胸元に押し付けられた。手に取ってみると、屋台や花火の写真が目に付いた。よく見ると夏祭りの告知のチラシのようだ。

「これ、いっしょに行こ？」

つまりこれは、デートのお誘いということなのだろうか。気持ちが舞い上がりそうになったけれど、ぐっと堪えて冷静に返す。

「でも僕、テストで負けたし……」

「テストのことは忘れるって約束したよね？」

「あっ」

さっきの話は逃げ道をふさぐためのものだったのか。

僕があっさり罠《わな》にかかったため、したり顔で佐古さんが言う。

「私と夏祭りに行きたくないって言うならいいけど」

「……いえ、佐古さんさえよければごいっしょさせてもらいます」

「よろしい」

にこりと微笑《ほほえ》む佐古さんのおでこには、汗で前髪が張り付いていた。なんとなく夏っぽさを感じる顔だった。

ちょっとだけ夏休みに対して前向きになっていると、佐古さんの目の色が変わった。

にやりと口角を上げ、僕を試すような表情になる。

「津吉くんは、私服と浴衣《ゆかた》、どっちが見たい？　津吉くんが選んだほうを着ていってあげる」

僕の知っている佐古さんの服装は、パジャマを除けば制服姿だけだ。

勉強会のときに私服を見逃して後悔したというのはあるけど、夏祭りといえば浴衣というイメージもある。

私服か、浴衣か。

ふと、佐古さんはきれいだから柄物の浴衣がよく似合うだろうなと思った。

「ゆ――」

僕は喉まで出た言葉をとっさに吞《の》み込んだ。脳裏に西田《にしだ》さんの言葉が浮かんだからだ。

佐古さんは『完璧なイメージを壊そう』と考えて、これまで天邪鬼《あまのじゃく》ともいえる行動を取ってきたという。ならば、今回も意図的に逆の服装をするのではないか。

逡巡《しゅんじゅん》した末に回答する。

「私服がいいかな。勉強会のときに見せたがっていたでしょ？」

そう返すと、佐古さんは怪しげに笑った。

「とびっきりお洒落《しゃれ》していくから、楽しみにしていてね。それじゃあ私、部活があるから」

「うん。わざわざ誘ってくれてありがとう」

「いえいえ。いい思い出にしようね」

佐古さんは小さく手を振ると、校舎のほうに戻っていった。僕もペダルを踏み込んでゆるゆると加速する。

勉強で佐古さんに勝てなくて、やっぱり自信をつけられなかった。本当なら、いまの僕には佐古さんと夏祭りに行く資格なんてない。

でも、デートに行くからには佐古さんを楽しませたい。平々凡々な僕だけど、せめて夏祭りの間だけは堂々と佐古さんの隣を歩きたい。

信号で自転車を止めた僕は、スマホを取り出して拓海にメッセージを送った。

『デートってどうやればうまくいく？　コツを教えてほしいんだけど』

拓海を頼れば男らしさをドーピングできるはずだ。勉強では自信をつけられなかったけど、うまくエスコートできれば佐古さんにふさわしい男子になれるかもしれない。
僕は密《ひそ》かに闘志を燃やしながら帰路を急いだ。

七月三十一日

本当なら、きょう津吉くんから告白されてもおかしくなかった
私が余計なことをしたせいで、全部うやむやになってしまった
でも、まだ次がある
なんとか津吉くんと夏祭りデートの約束をすることができたからだ
この日はふたりになれる最後の日
二度目の告白をするなら、ここしかチャンスはない
（あと9日）

十二話

玄関を開けると、閑静な住宅街に影が落ち始めていた。熱されていたアスファルトも、ゆっくりと温度を下げていっているようだった。

きょうは佐古《さこ》さんと約束した夏祭り当日だ。僕は雪駄《せった》と甚平《じんべい》という慣れない恰好《かっこう》で、最寄りのバス停へと向かった。

道中はすでに浴衣を着た女性が散見されて、僕の甚平姿もすっかり周囲に馴染《なじ》んでいた。

佐古さんは浴衣を着てくるだろうか。それとも、僕のお願い通り私服だろうか。

もしも浴衣だったら、佐古さんが「完璧じゃなくなる」ために暴走しているという仮説が裏付けされる。果たして、どちらを着てくるか。

僕はバス停の列に加わると、巾着からスマホを取り出した。

ホーム画面の通知には、拓海《たくみ》から『健闘を祈る』と一言。『がんばってくるよ』と短く返した。

ここ数日で、拓海からはたくさんデートのアドバイスをもらった。おかげで男らしさを底上げできたと思う。

僕と佐古さんではとても釣り合わないけれど、せめてデート中は楽しんでほしい。そのためなら、これくらいの背伸びは許されるはずだ。

拓海とのトーク画面を開き、これまでもらったアドバイスを復習する。

『顔を合わせたら、まず服装を褒めろ』

佐古さんのチョイスが洋服か浴衣かわからないけれど、まずは服を褒めるところからだ。

イメージトレーニングをしていると、バスのヘッドライトが夕闇をかき分けながら向かってきた。神社行きのバスは、すでに親子やカップルで溢《あふ》れていた。

いつもとは異なり、車内はたくさんの笑顔で満ちている。そんななか、僕だけは緊張感を抱きながらバスに乗り込んだ。

◇　◇　◇

巾着のなかで携帯が震えた。津吉《つよし》くんから『バス停が混んでいるせいで少し遅れるかも』と来ていた。『ぜんぜん大丈夫だよ』と返し、息をついた。

待ち合わせ場所の駅前はすでにごった返していて、絶えずひとが流れ続けていた。

私にとって、きょうが津吉くんに会える最後の機会になる。想《おも》いを伝えるのであれば、これ以降にチャンスはない。

本当は泣き出しそうなくらい寂しいけれど、気を抜いてはいられない。たくさん津吉くんをどきどきさせて、気持ちを傾けさせないといけないからだ。

スマホの内カメラを起動し、髪形や服が乱れていないか確認した。

この日のために新調した浴衣は、白い生地に朱色の椿《つばき》があしらわれている。

津吉くんは私服がいいと言っていたから、あえて浴衣を選んだ。男子のリクエストを無視すれば、完璧からはいっそう遠ざかるはず。

お母さんに整えてもらった髪は後ろでふんわりと結われており、うなじがあらわになっている。でも、伸びてきた前髪はもう一度切ってもらった。失恋したときと同じで、不細工な前髪だ。

全身を丁寧に確認し、よしとうなずく。

きょうの私はかわいく仕上がっているけれど、しっかりと完璧なイメージからは外せている。狙い通りだ。

それでもちょっぴり不安になってしまうことがある。目の前を華やかな浴衣を着た女の子が通るたび、自分の椿柄が地味なものに思えてしまうのだ。

津吉くんは浴衣に興味なんてないだろうけど、どうせならかわいいと思ってほしい。

わずかな緊張を胸に、流れる人混みに目を凝らした。そろそろ津吉くんが到着する時間だ。

これだけ混みあっていると、簡単には見つけられないはず。

それに、津吉くんは私が洋服を着て来ると思い込んでいるはずだから、この姿だと見落とすかもしれない。

どうせなら私から声をかけて驚かせたい。

津吉くんがどんな反応をするのか楽しみになってきた。びっくりして飛び跳ねるかもしれない。

そんなことを考えてほくそ笑んでいると、唐突に声をかけられた。

「佐古さん、お待たせ」

「うわっ、津吉くん⁉　びっくりした！」

よくよく探していたはずなのに、津吉くんが先に私を見つけた。

それもそのはず、駅前に現れた津吉くんの恰好は、私が思い描いていた姿とかけ離れていたからだ。

髪をかき上げて爽やかにセットしてあり、前髪が上がったおかげで人懐《ひとなつ》っこい目元がはっきりと見える。

それだけで別人みたいなのに、津吉くんは黒色の甚平をまとっていた。いつもの制服姿よりもはるかに大人びて見える。

かっこいいって言いたい。似合ってるって言わなきゃ。しかし、舌が空回ってうまく言葉を紡《つむ》ぐことができない。

まごついていると、私より先に津吉くんが口を開いた。

「きょうの佐古さん、きれいだね」

思考が固まった。いま、「きれいだね」って言った……?

その短くて端的な言葉は、私の頭では処理しきれなかった。

なんとか冷静さを取り戻し、その感想の正しい解釈に気づいた。

「ああ！　浴衣のことね！　いいでしょこれ。お母さんが絶対似合うって太鼓判を押してくれて——」

「ううん、浴衣を着た佐古さんがきれいだって言ったつもり」

意識が飛び、目眩《めまい》がした。

鼓動の速度がおかしい。私、しぬのかもしれない。

「大丈夫?」

「う、うん。たぶんだいじょぶ」

本当はなにも大丈夫ではない。

「前髪も、また切ったんだね」

「そうなの！　不細工でしょ？」

「ううん、よく似合ってる」

だめだ、完璧じゃないアピールが全く効いてない！

「それじゃあ、行こうか」

津吉くんが自然に誘導し、私の半歩前を歩きだした。

なにかが変だ。というか、なにもかもが変だ。

どうして津吉くんは甚平を着ている？　まるで私が浴衣《ゆかた》を着てくるのをわかっていたみたいだ。私服を見たいと言っていたはずなのに。

しかも、津吉くんは真っ先に私の浴衣姿を褒めてくれた。たしかに女子とのデートで服装を褒めるのは定石かもしれないけど、あんなに自然に「きれいだね」なんて……。

少し前を歩く津吉くんは、動きがぎこちない私のペースに合わせてくれていて、人混みのなかでもはぐれないように気を付けている。

なにひとつとして想定通りにいかなくて、頭のなかがめちゃくちゃだ。

脚の動かし方すらよくわからなくて、うまく歩けない。それなのに、舞い上がりそうなほど身体《からだ》が軽い。

気恥ずかしくてうつむいたまま津吉くんのあとをついていったけれど、だんだんと喧騒《けんそう》が近くなり、私は顔を上げた。

まず参道をまたぐ大きな鳥居が目に入り、その向こうに色とりどりの屋台が並んでいた。昭和っぽい文字ののれんが子供心をくすぐる。

風に乗って流れてくる匂いは一定ではなく、甘かったり香ばしかったりして、食欲がそそられた。

鳥居をくぐる直前、津吉くんが振り向いた。

「なにか食べたいものある？」

すぐに思い浮かんだのは、ベビーカステラやチョコバナナだった。せっかくお祭りに来たのだから、屋台でしか買えないお菓子を食べたい。

でも、私は塩辛いものが好きということで通っているから、甘党であることを明かしてはいけない。

ここはひと芝居打つ必要がある。

「イカ焼きが食べたいな。醬油《しょうゆ》の匂いにそそられちゃって」

そう答えると、津吉くんの目がぱちぱちと瞬《またた》いた。それから間を置いて訊《き》き返す。

「うーん、りんご飴《あめ》とかじゃなくていいの？」

りんご飴！　屋台で買えるお菓子のなかでは、いちばんの大好物だ。でも嘘《うそ》を貫くためにぐっと堪えた。

「私の食の好みは知ってるでしょ？　どうしてりんご飴なの？」

「いやわかってはいるんだけど……まあいいか……」

津吉くんは歯切れの悪い返事をしつつ、イカ焼き屋に向けて歩き始めた。

イカ焼きはそんなに好きじゃないけれど、かにみそと違ってふつうに食べることができる。津吉くんに嘘を見抜かれることはないはずだ。

ひとの流れに従って歩くこと数分、津吉くんが足を止めて財布を取り出した。

「え、イカ焼きはまだ先だよ？」

「ちょっと食べたいものがあって」

津吉くんはある屋台の前に立つと、タオルを首に巻いたおじさんに声をかける。

「りんご飴、ひとつ」

「はいよ、二百円ね」

おつりの返却と共に、津吉くんがりんご飴を受け取った。

うらやましい。私も食べたい。でも甘党ということは伏せているから、一口ちょうだいとは言えない。

津吉くんはりんご飴に視線を落としながら言う。

「食べてみたかったんだよね」

「へ、へぇ……」

津吉くんが手に持ったりんご飴が、屋台の白熱電球の光を反射して赤色に輝く。やっぱりおいしそう……。

いまさらのように、変な嘘をついたことが悔やまれた。

「こんな味なんだね」

りんご飴を口にしながら津吉くんが感想を言った。

そのかじった跡からは白い果肉がのぞいていて、私はごくりとつばを飲んだ。

「一口食べる？」

「い、いいから別に」

「そうなの？　食べたそうに見えたから」

「本当に大丈夫だってば」

私が強がると、津吉くんは困ったように笑った。

一口もらうくらいなら不自然じゃなかったかもしれないと気づき、ちょっと申し訳なくなった。でも、いまの私は甘党じゃないという設定だから仕方ない。

りんご飴のあとは、予定通りイカ焼き屋に向かった。

焦げた醤油の匂いが漂う屋台の前まで来ると、私より先に津吉くんが声を上げた。

「おじさん、イカ焼きひとつ」

「三百円ね」

流れるように津吉くんが五百円玉を差し出し、おつりを受け取った。

財布を取り出す隙なんてなく、当たり前のようにおごられてしまった。

完全無欠なエスコートで、私だけが一方的にどきどきさせられている。でも、優しくされるたびに大喜びしていることも自覚していて、それが悔しい。

「はい、佐古さん。液だれに気を付けてね」

「……ありがと」

イカ焼きを受け取りながら小声で礼を言った。

すると、津吉くんが呆《あき》れたように笑う。

「どうしてちょっと不服そうなの？」

「……きょうの津吉くん、なんかずるいんだもん」

私の感情は、ずっと津吉くんの手のひらの上で転がされているみたいだ。

「ずるい？　なにが？」

「知らない。でもずるい」

私だって、津吉くんをどきどきさせたい。そのつもりで夏祭りに来たはずなのに。

悶々《もんもん》としながら歩いていると、津吉くんは参道から外れたところに進んでいった。

「この石垣に座って食べようよ。イカ焼きは歩きながらじゃ食べにくいでしょ」

「う、うん……」

私がうなずくと、津吉くんは石垣の上にハンカチを敷いた。

「ここに座って」

さりげなくハンカチを敷いてくれる男の子！　少女漫画で見たやつだ！

「でも津吉くんのハンカチが……」

「それよりほら、浴衣が汚れちゃうから」

ぽんぽんと津吉くんがハンカチを叩《たた》き、私は渋々と腰を下ろす。

「あ、ありがと……」

「どういたしまして」

津吉くんが目を細めて笑う。その柔らかい表情に、またどきりとしてしまう。

私のすぐ隣に津吉くんが座った。

距離が近い。顔が赤くなっていたら、気づかれてしまうかもしれない。

津吉くんはりんご飴を差し出しながら訊《たず》ねる。

「交換しない？」

「交換？」

「僕、イカ焼きも食べたいんだ。一口交換するだけなら問題ないよね？」

やっぱりりんご飴を我慢していたことが見抜かれていた。拗《す》ねそうになるくらい察しがいい。

「いらない？」

津吉くんが差し出したりんご飴をよく見ると、一口しかかじられていなかった。

もしかして、自分が食べてみたかったのではなくて、私にあげようと思って買ったのではないか。

「津吉くん、優しすぎるよ……」

「大げさだよ。交換するだけなんだから」

もう用意していた設定がどうでもいいような気がしてきた。なんならイカ焼きは一口も食べていない。

いまはもう、津吉くんの優しさに甘えていたかった。

「ごめんね。やっぱり一口もらってもいい……？」

「どうぞどうぞ」

私はりんご飴の棒を受け取り、津吉くんにイカ焼きのトレイを渡した。

一口ぶんだけ欠けたりんご飴。上からかじれば間接キスだ。

しかし、祭りの熱に浮かされた私は、よからぬことを考えてしまった。津吉くんが相手なら、むしろ積極的に間接キスしたい。

自分の変態性を自覚しながら、かじってある部分に大口でかぶりついた。

「ああ、おいしい……」

小さい頃から、お祭りに来たら必ずりんご飴を食べていた。

砂糖とりんごの単純な組み合わせなのに、私にとっては特別な味だ。優しい甘味と果実の酸味が混ざり合い、懐《なつ》かしい味わいの輪郭を作った。

「やっぱり、りんご飴で正解だったみたいだね」

「わっ」

夢中で頬張っていたせいで、津吉くんに顔をのぞき込まれていることに気づいていなかった。

「私、どんな顔して食べてたの……？」

「どんな顔か説明するのは難しいけど、りんご飴が好きなのはわかったよ」

「い、イカ焼きも好きだよ！」

「わかってるわかってる」

「わかってなさそう！」

私が不貞腐《ふてくさ》れたのを見て津吉くんがけらけらと笑った。

「残りのりんご飴、全部あげるよ。好きなんでしょ？」

「そんな！　悪いよ……」

「もともと佐古さんにあげるために買ったから」

やっぱりだ。私が喜ぶことばかりしてくる。

もし津吉くんと付き合ったら、こんなふうにデートのたびにどきどきさせられるのかな。心臓がもたなさそうだけど、それはそれですごく幸せそうだ。

すぐ隣では、津吉くんがイカ焼きをおいしそうに頬張っている。思えばきょうの津吉くんは男らしいだけじゃなくて、妙に落ち着いている。

浴衣《ゆかた》を着た私と並んでいて、なにも感じていないのだろうか。淡々と的確にエスコートしてくれていたけれど、私を女子として意識してくれているのか気になってしまう。

試してみようと思い、声をかけた。

「じゃあ本当にりんご飴もらっちゃうけど、あと一口くらい食べない？」

私のかじった部分を津吉くんに向けた。さすがの津吉くんも、私との間接キスならどぎまぎするだろう。

「じゃあもらおうかな」

りんご飴を手渡そうとしたのに、津吉くんは受け取らなかった。その代わり、棒を握っていた私の右手を、両手で包み込むようにして捕まえた。

「へ――」

ぐぐっと津吉くんの顔が寄ったかと思うと、私の手のなかにあるりんご飴を直接かじった。もちろん、私のかじった部分なんて気にしていなかった。

「ありがと、おいしかった」

なにごともなかったかのように津吉くんは言ったけれど、私はびっくりしたせいで言葉が出てこなかった。

「ところで、佐古さんのイカ焼きはどうする？」

津吉くんがトレイを差し出しながら訊ねた。

「全部あげる……」

もうだめだ。きょうの津吉くんから主導権を取り戻すのは無理だ。

大人しくエスコートされてしまおう。余計なことをしたら返り討ちにあって一方的にどきどきしてしまうだけだ。

津吉くんがイカ焼きを食べ終わってから、私たちは石垣から立ち上がった。

再び参道に出ると、足に鈍い痛みを感じた。足元を見ると、鼻緒が足の甲に擦れて赤くなっている。

伝えたほうがいいかなと思ったけれど、やっぱりやめた。きょうの津吉くんなら、私のことをおんぶするとか言い出しそうだからだ。きょうの津吉くんなら、おんぶくらいなら平気な顔でやってしまうだろう。

怪我《けが》に気づいていない津吉くんは、私の目を見て訊ねる。

「次、どこ行こうか」

「射的とか?」

「いいね」

相変わらず津吉くんは私の半歩前を進んでいて、甚平《じんべい》をまとった背中がすぐそこにある。

男子にしては小さい背中だけれど、いつもより頼りがいがあるような気がした。

さすがにおんぶは恥ずかしいけれど、この背中に乗りたいと思ってしまう。おんぶされたうえで、その首に腕を回して抱き着きたい。

きょうの津吉くんはどこか変だけど、私もおかしくなってきている。自制が利《き》かない。

現状でもじゅうぶん幸せなのに、これ以上のことを望んでしまう。手を繋《つな》ぎたいとか、来年もいっしょに来たいとか、ちゃんとカレシになってほしい、とか。

頭が暴走しかけたところで踏みとどまり、津吉くんの隣をひたひたと歩いた。

それからは行きたい屋台をふたりで順繰りに見て回った。

私たちの間に飛び交う言葉は少ないけれど、同じ体験を共有しているだけで胸が満ち足りた。

たくさん遊んでお腹《なか》も膨れたところで人混みが緩和されていって、ずいぶんと歩きやすくなった。盛り上がりをみせた夏祭りも、帰宅ムードになり始めていた。

「そろそろ帰ろうか」

「そうだね」

津吉くんの提案にうなずく。

これ以上ないくらい私の胸は満たされていて、もっといっしょにいたいと願うのは無粋だと思った。それくらい、私にとって充実した夏祭りだった。

参道の先に鳥居が見える。

津吉くんといっしょに石畳の上を歩けるのも、あと少しだけ。

そう思うと、残り数十メートルがとても尊いものに感じられた。

人々の喧騒《けんそう》と少し焦げた醤油《しょうゆ》の匂い、まぶしい裸電球。この瞬間を忘れないように五感に焼き付ける。

最後くらいくっついてもいいかなと思って、津吉くんとの距離を詰めようと足を動かす。

――そのとき。

ずきり、と燃えるような痛みが走り、足がもつれた。転びそうになり、津吉くんの手をとっさに摑《つか》んでしまった。

さらに身体《からだ》がぶつかり、半ば抱き着いているような体勢になった。私の両胸が津吉くんの上半身に押し当てられている。

「だ、大丈夫？」

上ずった声が聞こえて、ぱっと津吉くんの顔を見上げると、頬が赤くなって目が泳いでいた。

どう見ても津吉くんは動揺していた。きょう初めて驚いたような顔をしている。きっといま、津吉くんもどきどきしてくれている。

「ごめんごめん。つまずいて転びそうになっちゃって」

足の甲の痛みが増している。でも、そんなことはどうでもいい。

津吉くんの指と指の間に、私の指を滑り込ませた。いわゆる恋人繫《つな》ぎだ。

「さ、佐古さん……？　手が……」

「手がなあに？」

「いや……」

津吉くんが目を逸《そ》らした。わかりやすい反応だ。

でも、私も火が付いたように全身が熱い。

絡《から》み合った指が汗で滑る。私の手汗か、それとも津吉くんの手汗か。たぶん両方だろう。

私を女子として意識してくれている。その事実がうれしくて、握る手に力が入る。

そのまま肩をくっつけ合い、鳥居へと進む。

バス停と駅の方向は違うから、あの鳥居をくぐったらお別れしなくてはならない。この手を離さなければならない。

津吉くんの手のかたちを忘れないよう指先の神経に集中しながら、できるだけゆっくりと歩く。一秒でも長くこの感覚を味わうために。

あと十歩、九歩、八歩――

数え終えるのと同時に、津吉くんが立ち止まった。

「僕、バス停こっちだから……」

火照《ほて》った顔のまま津吉くんが言った。

指がほどかれ、すとんと腕が落ちる。

「あ――」

手のなかが空っぽになると、魔法が解けたように大事なことを思い出した。

きょうは津吉くんといっしょにいられる最後の日だった。別れ際《ぎわ》のいましか、想《おも》いを伝えるタイミングが残されていない。あまりにも幸せ過ぎて失念していた。

慌てて口を開いたけれど、声を発することができなかった。

言葉は用意してきたはずだった。それなのに思い出せない。焦《あせ》るあまり言葉を紡《つむ》ぐことができない。

「じゃあね、佐古さん」

なにか言わなきゃ、と熱暴走している頭を無理やり動かした。

感情的にならないようにした結果、無難な感想だけが私の口から滑り出る。

「……楽しかった、よ」

「そう、よかった。誘ってくれてありがとうね」

「こちらこそ、ありがと」

それじゃあ、と津吉くんが右手を上げる。

「またね」

「うん、また」

私も手を振り返して応えた。

津吉くんはにこりと笑うと、バス停のほうへと歩き出した。

甚平の背中が遠ざかっていく。

反射的に手を伸ばしたけれど、もう届かない。

やがて津吉くんの背中は曲がり角で見えなくなった。

空っぽの手が落ち着かない。私のなかにぽっかり空いた穴へと、夜風が舞い込んできた。

冷たくて寂しい風が、私の体温を奪っていく。

再び歩き出すと、足の甲の痛みを思い出した。傷をこすり続けた鼻緒には、少し血が染《し》みていた。

「好きって、言えなかった……」

いま思い返してみると、あんなに悩む必要なんてなかった。本当に私が伝えたかったことは、二文字だけなのだから。

でもこれでいい。離れ離れになる前日に告白なんて、津吉くんを困らせてしまうから。

◆　◆　◆

すぐ先の角を曲がると、神社の塀にもたれて息を吐いた。ここまで来れば、佐古さんから僕の姿は見えない。

僕にはもう、バス停まで歩く気力すら残っていなかった。

鳥居で別れる直前、わずかなあいだだけど佐古さんと手を繋いだ。急なことで混乱してしまって、詳しい感触までは覚えていない。あの数分だけで残りの気力がすべて持っていかれてしまって、満身創痍《そうい》になっていた。

スマホを起動すると、拓海から『どうだった？』とメッセージが来ていた。

『疲れた』と送り返すと、すぐに返信が来た。

『なんだよ　充実したデートにならなかったのか？』

『拓海のアドバイス通りにやるので精いっぱいだった』

『それなら佐古も満足してくれただろ』

『どうなんだろ　あんまり自信ないかも』

『なんだよ　津吉は満点のデートができなかったのか？』

『満点ではないと思うけど……』

きょうのデートは、お互いに相手の理想の姿になろうと試行錯誤していた。

佐古さんは完璧じゃなくなるために演技をしていた。わざと洋服ではなく浴衣《ゆかた》を着て、前髪を切り、食べ物の好みに嘘《うそ》をついた。

対して僕は、拓海にアドバイスをもらって男らしさを底上げしていた。

つまり、ふたりとも自分自身を変化させて、相手にとっていちばん居心地がいいレベルを探っていた。

佐古さんは完璧なままでいいと思うけれど、足並みをそろえる作業は必要だと思っていた。

それなのに。

『なんかこう、違和感があったんだよね』

『どういうことだ？』

『佐古さんは僕と釣り合うために、完璧な自分を変えようとしてるんだ　一方で、僕はダメな自分を変えるために拓海からアドバイスをもらった』

思い返してみると、かなり無理して佐古さんに優しくしたような気がする。ふだんの僕なら「きれいだね」なんて恥ずかしくて言えない。おかげでかなり精神を消耗した。

拓海の返信が来るより先に連投する。

『佐古さんはやりすぎかもしれないけど、これって間違ったことなのかな　人付き合いをするときに相手に合わせるのって、ふつうのことじゃない？』

今回のデートは少なからずうまくいっていたと思うのだ。それなのに「疲れた」という直感が先行して、すぐに「楽しかった」という感想が出てこなかった。

正しい関係だと思うのに、なにかが噛《か》み合っていない。

少し経《た》ってから拓海から返事が来た。

『あれだな　おまえたちは身長差のあるカップルみたいなことをやったわけだ』

『どういうこと？』

『女のほうが背が高いカップルだとな、女はぺったんこのスニーカーを履いて、男は厚底のブーツを履くわけだ　そうやって理想の身長差である十五センチを目指すわけだ　前に教えただろ』

言われてみれば、そんな話を聞かされた気がする。

僕と佐古さんは目に見えないやり方で身長差を埋めようとしていたのだ。

『でもな』と拓海は続ける。『そんなことをしても本来の身長は変わらない　考え方しだいなんだろうが、おれは身長差なんて気にせず、身長差があるまま仲睦《むつ》まじくやっていればいいと思うぜ』

『でこぼこな組み合わせでもいいってこと？』

『そうだ　本人たちが関係に満足してるなら、周囲の目なんて気にする必要ないだろ』

拓海の言わんとすることは理解できた。ちぐはぐな関係であったとしても、仲が良ければ問題ないということだ。

『僕と佐古さんは、そのままでもいいと思う？』

『ああ、なにも変わる必要ない　しかし、そういう意図があったのなら、おれはデートの指南をするべきじゃなかったな　とにかくおまえたちは変わらなくていい』

拓海が太鼓判を押してくれたけど、まだ僕のなかには迷いがあった。

きょうのデートだって、足並みをそろえたおかげで表面的にはうまくいっていた。でも拓海が言うように素の自分を出してもいいようにも思える。

『相談に乗ってくれてありがとう　もうちょっと考えてみるよ』

『おうよ』

ありのままの自分でいいのであれば、佐古さんに追いつくための努力は不要になる。

でも、そんな単純な話なのだろうか。僕はなにも持たないままなのに、佐古さんと交際していいとは思えない。

素の自分か、相手に合わせた自分か。

難しい二者択一を迫られ、頭に鈍い痛みが走る。やっぱりすぐに答えを出せそうにない。

家に帰ってからゆっくり考えようと思い、バス停へと向かった。

◇　◇　◇

お祭りから帰るひとたちが次々と改札に吸い込まれていく。

振り返ると遠くに朱色の大鳥居があって、私はそれをぼんやりと眺めた。

なんとか駅まで足を運んだけれど、私の心は鳥居の下にとらわれたままになっていた。

改札をくぐるのが怖い。一度通り抜けると、もう戻ってくることはできなくなる。

胸のなかの熱も、不思議な浮遊感も、空っぽの手の寂しさも、すべて消え去ってしまう。

いまの私はどこか壊れている。これでいいと自分に言い聞かせたつもりなのに、告白できなかった後悔が胸にこびりついている。

私はどうしたらいいかわからず、助けを求めて真由子《まゆこ》に電話をかけた。

「遅くにごめん」

『いいよ。で、どうだった？』

「……言えなかった」

『なんで』

「とっさに言葉が出てこなくて……。でもほら、このタイミングで告白したら津吉くんを困らせちゃうからね」

　無理に明るい声を出している自分に辟易《へきえき》していると、真由子が電話越しに声を張り上げた。

『ばか！　それでも伝えなきゃダメでしょ。きょうが最後なんだから』

「そうだけど、でも明日にはいなくなる女子からの告白なんて……」

　真由子は間を取ってから落ち着いた声を出す。

『私さあ、町香《まちか》が津吉に変なアプローチを始めたとき、本当は少しうれしかったんだ』

「うそ。だって真由子は私のこと叱ってたじゃん」

『町香ってさ、素直すぎて心配になることがあるんだよね。大人の言うことをなんでも聞いていて、だからときどき我慢しているように見えて。でも、町香って恋愛のことになったら感情的だったでしょ？　ちょっと暴走気味なくらいで』

「別にそんなことないし……」

『否定してるわけじゃない。むしろ、町香がわがままになれるものを見つけてくれてよかったって思ってる。私たちまだ高校生なんだよ？　もっとわがままでよくない？』

わがままになっている自覚なんてなかった。津吉くんと付き合いたいという想《おも》いも、私のわがままなのだろうか。

ここ二か月、ずっとわがままな子になりたいと思っていた。でも、私はすでにわがままになれていたのかもしれない。

真由子が続けて言う。

『だからさあ、最後の最後に大人しくなっちゃダメ。わがままを貫きなよ、町香』

「本当にわがままになっていい……？」

『違うよ。女子高生なんて、最初からわがままだ』

ごくりと喉が鳴る。

膨れ上がった感情が、私の身体《からだ》を駆り出そうとしている。

「でも津吉くんとは神社で別れちゃって……」

『走って追いかけろ』

無茶だ。でも追いかけたくて仕方ない。

きょうしか言えないことがある。これは最後のチャンスなのだ。

恐れるな。走れ。

「ありがとう、真由子。行ってくる」

『急いで！』

「うん！」

スマホをしまい、慣れない下駄《げた》でアスファルトを蹴った。

一歩目で足の甲に焼けるような痛みが走った。でも二歩目は痛くなかった。

浴衣が乱れるのも髪形が崩れるのもお構いなしに走った。

心と身体が同じ方向に進んでいる。そのことが、たまらなく気持ちいい。

いまの私には、姑息《こそく》な作戦も下手くそな嘘もなかった。全部をむき出しにしたままで、風を切るようにして駆けた。

鳥居の前、津吉くんと別れた交差点を左折し、バス停のほうへ進む。

人通りの少ない薄暗い道で、その人影を見つけた。すっかり見慣れた黒い甚平《じんべい》の背中。

一度立ち止まって、大きく息を吸い込む。

「津吉くん！」

ゆっくりと振り向いた津吉くんの顔は、街灯が逆光になってよく見えなかった。

距離を詰めようと踏み込んだ足が、急に思い出したかのように痛んだ。でも必死に堪えて前へ進む。

あと少しのところでさらに痛みが増し、足をとられた。前方によろめきながら逆の脚で踏ん張った。

顔を上げると、津吉くんの顔が目と鼻の先だった。

肺いっぱいに空気を吸い込んで口を開く。でも、言葉はすぐに出てこない。

走ることに精いっぱいで、どういうふうに伝えるか考えていなかった。

わがままになっていい、という真由子の言葉が頭に響く。

むき出しの私でいい。わがままになれ、私。

しかし、私が想いを伝える前に、津吉くんが驚いたように声を上げた。

「さ、佐古さん⁉」

喉元まで出かかった声がかき消された。

「足が血だらけになってる！」

◆　◆　◆

唐突に名前を呼ばれたときは幻聴だと勘違いしたくらいで、どうしてここに佐古さんがいるのだろうと、ぼんやりと思っただけだった。

けれども近づいてきた佐古さんは思いつめたような顔をしていて、その生々しさのおかげで現実だと気づくことができた。

佐古さんが一歩踏み出すと、急によろけて体勢が崩れた。

その瞬間、佐古さんの足元の違和感に気づいた。下駄の色が左右で違うような……。

薄暗い街灯の下だったけど、よく見ればすぐにわかった。鼻緒が赤黒く染まっていて、にじんだ血が足の甲にへばりついていたのだ。

「さ、佐古さん⁉　足が血だらけになってる！」

擦れただけとは思えない傷だった。きっと長いあいだ放置していたのだろう。

すぐに僕は拓海のアドバイスを思い出した。『慣れない履物だと靴擦れしやすいから、気を付けてやれ。絆創膏《ばんそうこう》を持っていって貼ってやるんだぞ』と。

こんなの、真っ先に気づけないといけないことじゃないか。アドバイスされていなかったとしても、歩き方に違和感があったはずなのに。

大失態だ。表面的な意味ではデートを成功させることができたと思っていたのに、最低限のことすらできていないじゃないか。

あまりにも佐古さんに申し訳なくて胸が痛む。でもいまは反省している場合じゃない。手当てしないと。

「座ってて！　ティッシュ濡《ぬ》らしてくるから！」

佐古さんを近くの石垣に座らせると、僕はお手洗いへと駆けた。

手洗い場に着き、蛇口から流れる冷たい水に触れると、いくぶんか頭のなかが整理されてきた。

揺るがない事実として、今回のデートは失敗だった。

なにが問題だったか、思い返してみればすぐにわかった。僕が背伸びをしてしまったことだ。デート中は拓海からのアドバイスをこなすことしか考えられていなくて、そのせいで佐古さんの怪我《けが》に気づけなかった。

もし一切のアドバイスを受けずにデートに来ていたら、僕は佐古さんの怪我に気づくことができただろう。

とにかく、きょうのデートのやり方は不正解だった。相手のために自分を偽ることには無理があったのだ。

拓海の言っていた通りだ。理想の身長差なんて目指すべきじゃなかった。

僕と佐古さんのあいだに格差があるのは事実だ。でも、その差を受けいれないと、関係を前に進めることはできない。ぺったんこのスニーカーも、厚底の靴も、これからはナシにしないといけない。

そうと決まれば、佐古さんの誤解を解く必要がある。

告白された日に、佐古さんを「完璧」という言葉で縛ってしまった。その責任は僕が取らねばならない。

僕は濡らしたティッシュの束を軽く絞ると、急ぎ足で水道から離れた。


さっきの石垣まで戻ると、佐古さんはうつむいたままポツンと座っていて、ぼんやりとした目で赤黒い足を見つめていた。

「お待たせ」

「……ううん、迷惑かけてごめんね」

僕は息を整えながら佐古さんのもとに近づき、その足元でしゃがみ込む。

ゆっくりと下駄を脱がそうとすると、こびりついていた血がはがれたらしく、佐古さんが「うっ」とうめいた。

「ごめん！　痛かった？」

「ううん。ちょっとくらいは仕方ないから……」

足の甲は乾いた血に覆われていて、どこが傷口かわからないくらいだった。濡らしたティッシュで表面を軽く湿らせ、慎重に拭き取っていく。

手当てしながら、いまさっき用意した言葉を投げかける。

「佐古さんにお願いがあるんだけどさ、もう一回、別の夏祭りに行かない？」

「え、うん……。どうして？」

「なんて言えばいいかな。きょうが楽しくなかったわけじゃないんだけど、やり直したほうがもっと楽しいと思うから」

「わ、私は！　すごく楽しかった、んだけど……」

佐古さんの声は波風が立っているみたいに不安定だった。

きょうの日のことは完全に否定したくない。僕だってそう思っている。それでも、いまは互いの思惑を明るみのもとに引きずり出さないといけない。

「ひとつ謝らないといけないことがあってさ。佐古さんから夏祭りに誘われたあと、拓海にデートのアドバイスをしてもらったんだ。どうエスコートすればいいか、みたいな」

こびりついていた血はおおよそ拭き取れて、赤い傷口が露出した。

「女子と出掛けるのなんて初めてだったから、いろいろと不安だったんだ。それで、佐古さんを楽しませられるように勉強したんだ。だから極端な話、きょうの僕は本来の僕じゃない」

露出した傷口を、濡らしたティッシュで優しく拭いていく。

「それと、佐古さんの誤解も解かないといけないんだ。これは本当に僕の言い方がよくなかったんだけど、佐古さんは完璧なイメージを壊そうと演技をしていたんだよね？　僕が『完璧だから付き合えない』って言ったから」

傷口に触れられた佐古さんは、痛そうに身体をこわばらせたあと、怯《おび》えたような声で訊《たず》ねた。

「……ぜんぶ知ってたの？」

「いや、知ったのは最近だよ。……だから、その、ごめん。正直に言うと、きょうの佐古さんが嘘《うそ》をついていたことも気づいてたんだ」

傷口がきれいになったので、絆創膏を取り出した。

僕が足に触れると、佐古さんはくすぐったそうに足の指を握ったり開いたりさせた。

「洋服じゃなくて浴衣《ゆかた》を着てきたことも、わざとって知ってたの？」

「うん」

「本当は甘党ってことも？」

「プリンが好物なんだよね」

「わざわざ不細工になるために前髪を切ってきたことも？」

「僕はよく似合ってると思うけど」

佐古さんの足の傷は広範囲に広がっていたから、絆創膏を三枚も横並びに貼った。まだ痛むかもしれないけれど、だいぶマシになったはずだ。

最後に下駄を履かせてあげて、しゃがんだまま佐古さんを見上げた。

「僕が『完璧だ』って言って誤解させたのが悪かったんだけど、でもお互いに自然体になったほうが楽なんだって気づいたんだ。いろいろ考えたんだけど、やっぱり佐古さんとは真正面から向き合えるようになりたい。いま以上に仲良くなるためには必要なことだと思う……というか、僕がもっと佐古さんと仲良くなりたいから……」

すぐに恥ずかしい言い回しをしていることに気づいて顔が火照《ほて》った。

佐古さんは微笑《ほほえ》みながら八の字の眉を開く。

「津吉くんはすごいな。ちゃんと自分がどうしたいか考えてるし、それをきちんと相手に伝えられるから……」

「そんなに特別なことじゃないよ。それで……来週とかにもう一回夏祭りに行くのはどうかな。そのときに、お互いに素の自分になれたらいいなって思うんだけど」

「そんなふうに言われたら、もう、断れないよ……」

「もちろん、佐古さんさえよければなんだけどね。別に嫌なら無理には誘わないから」

「ううん、うれしいの。津吉くんがたくさん私のことを考えてくれてるってわかったから。だから、行こうね夏祭り」

僕の誘いに乗ってくれたのに、佐古さんの笑顔には違和感があった。崩れそうになった表情を無理やり吊《つ》り上げているような……。

もしかして、なにか見落としている？　いったいなんだ？

少し考えたら、すぐに思い出せた。

「そういえば、佐古さんはどうして神社に戻ってきたの？　忘れ物とか？」

佐古さんは膝のあたりに目線を落とした。

「……津吉くんに言っておきたいことがあったの。でも、もう言わなくてよくなっちゃった。……だからもう、気にしないで」

佐古さんの言いたいこと。この状況下では、ひとつしか思い当たらない。

たぶん僕は、佐古さんの二度目の告白に「待った」をかけてしまったのだろう。

「あ、あのさ。それは僕から言わせてもらえないかな。来週の夏祭りでお互いに素の自分を出せたら…………そのときに、僕から告白させてほしいんだけど……」

「…………それ、約束してくれる？」

「うん、約束する。来週あたりで別の夏祭りを探しておくから」

「絶対だよ。次の夏祭りで。…………それがもし、来年になっても」

来年なんておおげさな言い方だと思ったけれど、もう決めたことだ。次のデートがうまくいったら、そのときは僕から告白する。

「それじゃあ私、帰るね。絆創膏もありがとう」

佐古さんが立ち上がり、背中を見せて歩き始めた。

「怪我したままだと危ないし、駅まで――」

「ううん、へいき。すぐそこだから」

僕は佐古さんを追いかけようとしたけれど、たしかに歩き方に問題はなさそうで、僕は足を止めた。

「気を付けてね。日程が決まったら、また連絡するから」

「うん、またね」

佐古さんが小さく手を振り、また歩き出す。その後ろ姿を見ると、佐古さんの髪は少し乱れていて、かんざしが傾いていた。

八月八日

私、やっぱりだめだ
わがままになれなかった
(あと1日)

十三話

カーテンで閉め切った薄暗い部屋のなか、冷房がごうごうと鳴っている。

昨晩の夏祭りは考えることが多くて、心身ともに疲弊した。おかげで疲れが抜けきらず、朝からベッドでぐったりしていた。

僕は寝返りを打つと、充電器を挿したままのスマホを手に取った。ロック画面に新しい通知は表示されていなくて、鼻から息を吐いた。

珍しいことに、夏祭りのあとから佐古《さこ》さんの連絡が途絶えていた。なんなら既読すらついていない。起きていたら必ず一時間以内に返してきていたのに。

不安だ。意図せず佐古さんに嫌われるようなことをしたかもしれない。実際、足の怪我《けが》には気づけなかったわけで、腹を立てていてもおかしくない。

そうでなかったとしたら、考えられるのは交通事故か急病くらいか。それもじゅうぶんに可能性がある話だ。

いずれにせよ、佐古さんがどうしているか気にかかる。改めて『なにかあったら教えて』と送り、スマホを放り出した。

いまは連絡が来るのを待つだけだ。佐古さんがどういう状況にあるのかはわからないけれど、時間が解決してくれるのを願うしかない。

昼寝で時間を潰そうと思い、タオルケットにくるまってまぶたを閉じた。疲れが残っているこどもあって、すぐに意識がぼんやりとしてきた。

しかし眠りに落ちる直前、スマホがけたたましい電子音を鳴らした。

アラームはかけていなかったはず。電話か？

スマホを見ると、やっぱり通話の呼び出しだった。画面には西田《にしだ》さんの名前が。

このタイミングで電話がかかってきたことが偶然とは思えず、飛び起きて通話を繋《つな》いだ。

「もしもし津吉《つよし》です」

『お見送りぐらい来たらどうなの？』

西田さんは名乗ることすらすっ飛ばし、声に怒りをにじませていた。

「えっと、どういう用件？」

『だからお見送りって言ってるじゃん。とぼけるとか信じられない』

なんのことかさっぱりわからない。てっきり佐古さんのことだと思っていたのに。

「そのお見送りってなんのこと？」

『まさか、出発日のこと忘れたわけ？』

「いやだから、順を追って話してほしいんだけど……」

電話口の向こうで西田さんが息を呑《の》んだ。

『……まさかとは思うけど、町香《まちか》の留学のこと聞いてないの？』

「え、リュウガク？　……え？」

リュウガクってなんだ？　あれか、留学のことか。それじゃあ佐古さんは留学するってことか？　留学すると……どうなるんだ？

僕が混乱していると、西田さんは大きなため息を吐《つ》いた。

『そういうことか。ぜんぶわかった。どうりで津吉の態度が煮え切らなかったわけだ』

「わかったなら僕にも教えてほしいんだけど……」

さっきから会話に齟齬《そご》が発生している。佐古さんの留学の詳細を早く知りたい一心だった。

『先に謝る。町香から昨日のことを聞いたとき、津吉のことをクズだと思った。でも誤解だったよ』

「やっぱり昨日、なにかあったんだ」

きっと裏では面倒なことが起こっている。それだけは間違いない。

『落ち着いて聞け、津吉』西田さんが念を押す。

「了解です」

『……佐古町香は長期の海外留学に行く。で、きょうが出発日。戻ってくるのは来年の五月。だから次に会うのは三年生になってからだ。文化祭や球技大会なんかのイベントも、町香ナシでやることになる』

事務的で平坦《へいたん》な声。解釈の余地を残さない的確な言い回し。

すべての事実が曲解されることなく伝わった。

「え、ど、なんで……。というか、出発日がきょう⁉」

『たぶんだけど、意図的に隠されていたんだろうね。ほかのクラスメイトにも喋《しゃべ》っていなかったくらいだし』

「な、なんで僕に教えてくれなかったの？」

『町香にしかわかんないよ！　私だって津吉は知らされてると思ってたし！』

よくよく佐古さんとの記憶をたどってみると、予兆めいたできごとは何回もあった。

思いつめたような顔をしたり、寂しさをにじませたり、泣き出しそうな声になったり。

あれはすべて、留学による別れを示唆していたのかもしれない。

『津吉、とにかくお見送りに来てよ。さっきからずっと寂しそうな顔してるからさ』

「それじゃあ、いまも佐古さんといっしょにいるの？」

『うん。もう空港に着いているけど』

「なら替わってくれない？」

わかったと西田さんが応えると、声がスピーカーから遠くなり、代わりに空港のアナウンスが電波に乗って届いた。

耳を澄ませていると、かすかに佐古さんの声が聞こえた。

佐古さんは『替わりたくない』と拒絶していて、西田さんは『替われ』とスマホを押し付ける。そんなやり取りを繰り返していた。

少し待っていると、やっとはっきりした声が聞こえた。

『……替わりました。佐古です』

「えっと、津吉です。いま大丈夫？」

『みんなと少し離れたところに来たから、へいき』

「そう……。家族とかといっしょに空港にいるかんじ？」

「うん……」

双方の緊張した息遣いだけが電波に乗って行き交う。

言いたいことや謝りたいことが、いくつも頭のなかに思い浮かぶ。しかし、真っ先に訊《き》いておきたいことがあった。

「どうして留学のこと、教えてくれなかったの？」

　佐古さんは観念したようにひと呼吸した。

『六月に告白した日ね、留学が決まった翌日だったの。みんなと離れ離れになるまで二か月しかないことに気づいて、焦《あせ》って、だから告白したの』

「ああ、だからあんなに急だったんだ……」

　六月以前に佐古さんと喋ったことは数えるほどしかなくて、告白の前触れがまったくなかった。でも佐古さんには告白せざるを得ない理由があったのだ。

『でも、そのときに絶対に言いたくないことがあってね。「留学まで残り二か月しかないから付き合って」とは言いたくなかった』

「どうして？　そのときに教えてくれたらよかったのに……」

『そんなふうに私が言ったとしたら、津吉くんは私を振ることができた？　私に残された時間が二か月しかないと知ったら、ぜんぜん好きじゃない私と無理に付き合ったんじゃないの？』

　そんなことない、とは言い切れなかった。むしろ押し切られてしまう自分のほうが容易に想像できた。

「たぶん断れなかったと思う」

『そうだよね。だから留学のことは明かしたくなかったの。どうでもいい相手と付き合うのってしんどいと思うし、ちゃんと私のこと好きになってほしかったから』

僕も曖昧な感情のまま付き合うのは避けたいタイプだ。だから、佐古さんが留学を隠していたことは責められなかった。

スピーカーからしぼみそうな声が続く。

『お見舞いに来てくれたとき、急に甘えてごめんね。風邪で心が弱っていただけだと思うけど、あのときは留学するのが本当に怖くて寂しかったの。いま思い返すと、恥ずかしいから忘れてね』

ここから佐古さんの顔は見えないけれど、また無理な笑みを作っているような気がした。その表情を脳裏に思い浮かべていると、ふと嫌な想像がよぎった。

佐古さんは留学に対して前向きな姿勢を見せていない。出てくる言葉は「怖い」とか「寂しい」とかばかりだ。

またひとつ思い出すことがあった。お見舞いに行ったとき、道彦《みちひこ》さんは「娘には余計なことを勧めてしまったかもしれない」とこぼしていた。

まさか、佐古さんは父親に勧められただけで留学を決めたのではないか。

佐古さんは度が過ぎるくらい素直なひとだ。ふつうならあり得ないことだけど、佐古さんなら親の言いなりになっていてもおかしくない。

僕は念のために訊《たず》ねた。

「留学は自分で決めたことなんだよね？　佐古さんが留学に行きたいから行くんだよね？」

すぐに肯定してほしかった。しかし佐古さんの口からは細い息が吐き出されるだけだった。

「佐古さん……？」

『津吉くんはだれよりも強い意志を持っていたよね。自分を変えるために雑用を始めたりして……。私はね、津吉くんのそういうところに憧れて好きになったんだよ。私にはない個性だったから』

佐古さんは鼻をすすり、いまにも崩れそうな声を漏らす。

『津吉くんみたいに言いたいことをはっきり言えたら、こんなことにはならなかったのにね……』

なんとかしなくちゃと衝動的に思った。

このままじゃ佐古さんが不幸になる。

「出発は何時?」

『搭乗が始まるのが十六時くらい……』

よかった。まだじゅうぶんに時間がある。

「すぐ行く。待ってて」

『えっ――』

電話を切って立ち上がった。

服を適当にタンスから引っ張り出し、最低限のものを鞄《かばん》に詰めた。

地図アプリで大雑把に空港までの経路を把握すると、スニーカーをつっ掛けながら玄関を飛び出した。

さっきまでクーラーの効いた部屋にいたせいで、炎天下の熱気にのまれて目眩《めまい》がした。遠くに目をやればぼうだった空気が揺れて見える。

僕は大きく息を吸い込み、地面を蹴った。一刻も早く佐古さんのもとにたどり着かねばならない。

走ること数分、汗だくになりながら駅に到着し、発車メロディが鳴るなか電車に滑り込んだ。

車内は冷房が効いていて、火照《ほて》った身体《からだ》が冷まされていくのがわかる。空いていた席に腰掛けると、だんだんと呼吸も整っていった。

衝動に身を任せて家を出てきてしまった。でも、正しい選択をしたと思えた。

佐古さんは素直すぎる性格に縛られていて、わがままが言えない。だから道彦さんに海外留学を勧められたときに断れなかった。

たぶんだけど、道彦さんも留学を勧めたことを後悔している節がある。でも佐古さんが自ら「行きたくない」と言い出さない限り、道彦さんは勧めたことを撤回できないはずだ。

結局は、佐古さんの留学なんてだれも望んでいない。そして偶然にも、僕だけがその事実に気づいている。

佐古さんのもとへ行ったところでなにができるかはわからない。でも、行かなきゃいけないことはたしかだ。

車窓に目をやれば、住宅街の景色が高速で流れていく。空港へと急ぐ僕には、その速度すら遅いように思えてもどかしくなる。

はやる気持ちをぐっと堪え、シートに深く座りなおした。

終点のターミナル駅に到着すると、扉が開くのと同時に駆け出した。

ナビの指示通りなら走る必要はないのだけれど、急げば一本早く乗れる可能性があった。

迷路のような地下構内だったけど、案内表示を追って進めば問題ない。

目的の路線を見つけて改札を通り、改めてナビを見た。複数の行先《いきさき》があるはずだから、ホームを間違えてはいけない。

スマホと電光掲示板を交互に見比べる。しかし、電車の発車時刻が迫っていた。

すぐそこの階段の先から到着のアナウンスが聞こえた。とにかく早く乗らないと……。

スマホをしまって階段を上ろうとすると、背後から肩を摑《つか》まれた。

「おいバカ。そっちじゃねえ」

「拓海《たくみ》!? なんで……」

背後を見れば、スポーツウェアを着た拓海が肩で息をしていた。僕を探していたということか。

「ちょっといろいろあってな……。とにかく空港に行くんだろ。ついてこい」

「なんで知ってるの？」

「西田から電話が来たんだ。とにかく電車に乗るぞ」

「わかった」

拓海に付き従って階段を上り、到着した車両に乗り込んだ。

発車して少しすると、おもむろに拓海が口を開いた。

「なんというかな、これは罪滅ぼしだ」

拓海はつり革を握りなおしてから続ける。

「きょうの朝にな、西田に電話で叩《たた》き起こされてこっぴどく叱られたんだよ。もうな、すごかったんだぜ。『おまえが津吉に余計なことを言ったから！』って」

拓海は西田さんの口真似《くちまね》をすると、自嘲気味に笑った。

「どういうこと？　怒られる理由がよくわからないんだけど」

「津吉って、佐古にふさわしい男になるためにがんばってたんだよな？」

「え、うん」

「おれもそれでいいと思っていたし、相談にも乗ったし、アドバイスもした。でもな、津吉はな、なんというか……」

ここまで言われたら、僕には自然と拓海の言いたいことがわかった。

「僕は僕のままでいいってことだよね」

「なんだよ。わかってたのかよ」

僕はもう、その答えにたどり着いていた。さっき佐古さんと電話で話したときに、ヒントをたくさんもらえたからだ。

「佐古さんがさ、僕を好きになった理由を教えてくれたんだ。僕はずっと自分のことを無個性な凡人だと思っていたけど、佐古さんは僕のことを凡人だなんて思ってなかったんだ」

「だろうな。そうじゃなきゃ告白なんてしない」

僕は佐古さんのために自分を変えようとしたけど、佐古さんは僕の変化なんて望んでいなかった。それどころか、変わろうとする前の僕に佐古さんは好意を持っていたのだ。

拓海も同じ結論に至っていたらしく、申し訳なさそうに言う。

「だから西田に怒られたんだよ。『津吉はあのままでいいのに余計なことすんな』っていう具合にな。それで、自分のやらかしに気づいた。津吉が変わろうとするのを助長する必要なんてなかったし、デートのアドバイスなんてするべきじゃなかった。本人たちの感情を優先できてなかった」

いつになく拓海がしおらしくなっていて、大きな背中も心なしか丸まって見えた。

「こんなときじゃないと絶対に言わないことだが、おれは本当に津吉をいいやつだと思ってる。佐古が好きになった理由もなんとなく想像できるし、はじめから変化なんていらない人間だった。だから、これはおれ史上最大の失態だ。これまで偉そうに言ったことはぜんぶ忘れてくれ」

拓海は本気で落ち込んでいるみたいだった。そうじゃなきゃ、わざわざ空港まで送り届けようとはしないだろう。

でも僕は、拓海の教えてくれたことが無駄だとは微塵《みじん》も思っていなかった。

「あのさ、拓海のおかげで気づけたこともあるんだよ。……ちょっと前に『努力の蓄積に自信という名前を付ける』って言ってくれたの憶《おぼ》えてない？」

「……ああ、憶えてるが」

ついさっき、佐古さんから『津吉くんのそういうところに憧れて好きになったんだよ』と明かされた。

僕は自分で気づかないうちに個性を持っていて、佐古さんはそれを理由に好意を持ってくれたのだ。拓海だって「いいやつだと思ってる」と言ってくれた。だから、

「これまでやってきたことを認めてくれるひとがいると知って、ちょっと前向きになれたんだ。たぶんだけど、いまの気持ちには『自信』という名前を付けてもいい気がするんだ」

「津吉……おまえ……」

「拓海が教えてくれなかったら、こんなふうには思えなかったよ。だから、ありがとう」

やっと僕は自信を手にすることができた。でも蛹《さなぎ》から蝶《ちょう》になるような変身を遂げたわけ

じゃない。ただ、自分自身のやってきたことを認めただけだ。

「自信がついたってことは……これから佐古に告白するのか」

「告白か……。たぶん告白はするんだろうけど、留学を阻止することしか考えてなかったよ」

拓海は幽霊でも見つけたみたいに目を見開いた。

「正気か？　留学の阻止ってできるものなのか？」

「考えはあるけど、うまくいく保証はない」

「それでも津吉はやるんだな？」

「佐古さんの留学はだれも幸せにならないんだ。佐古さんも本当は嫌がっているくらいだし、やるだけやってみる」

「そうか。津吉らしくていいと思うぜ。がんばれよ」

勝算なんてはじめから度外視している。佐古さんのために、絶対にやらなくちゃいけないことなのだ。

ふと耳に入ってきたアナウンスで我に返る。よく聞けば、すでに目的地まで数駅のところまで来ていた。

拓海もスマホでルートを確認すると、短髪の頭をぼりぼりとかいた。

「なあ津吉。きょうのことは忘れろよ。らしくないことを言い過ぎた」

いつも仏頂面《ぶっちょうづら》をしている拓海としては珍しく、気恥ずかしそうな顔をしていた。

「まあ忘れないだろうね。実は拓海がいいやつだってわかったし」

「うるせえやめろ。佐古に振られてしまえ」

「それ、いまいちばん言っちゃだめなやつ！」

僕が突っ込むと、拓海に鼻で笑われた。

ひどい言い様だと思いつつも、コケにしてくるくらいが拓海らしくて安心できた。拓海が素直すぎるとなんだか落ち着かない。

それから僕らは無言になって電車に揺られ、空港に到着するのを待った。


駅で降りた直後に拓海とは別れた。ついて行っても邪魔になるから、と言っていた。送り出す際には「しっかりやってこい」と背中を押してくれた。

西田さんにＬＩＮＥで訊《き》いたところ、佐古さん一家は国際線のロビーにいるらしい。

今度こそ地図をよく見ながら早足で進み、やがて開けた場所に出た。国際線のロビーだ。

並べられたベンチの一角に、見慣れた四人の姿を捉えた。佐古さん、道彦さん、芽衣子《めいこ》さん、それから西田さん。四人の中央には大きなキャリーバッグが置かれていた。

これからやろうとしていることは、見方によってはただの迷惑行為だ。覚悟は決めていたけれど、足を止めそうになってしまう。

でも、なにもしないまま佐古さんと別れるほうが辛《つら》い。だからもう、当たって砕けるつもりで行くしかない。

歩調を緩めながら近づくと、西田さんが僕に気づいて声を上げた。

「津吉！」

ほかの三人もいっせいにこちらを向いた。佐古さんだけが青白い顔をしていた。

「その、お久しぶりです……」

佐古さんは僕と目が合うなり顔を伏せた。代わりに芽衣子さんが一歩前に出る。

「あら津吉くん。うちの子、留学のこと伝えてなかったんですってね。気づいていたら私から知らせていたのだけど……」

芽衣子さんが眉尻を下げる。

「いえ、大丈夫です。仕方ないことだったと思います」

ここからが肝心だ。雑談に時間を費やす余裕がないから、早々に切り出さなくてはならない。

僕はできるだけ穏やかな声を作りながら、芽衣子さんに訊《たず》ねた。

「あの、少しだけ町香さんをお借りしてもいいですか？　家族水入らずの時間に申し訳ないんですけど……」

口を動かしながら道彦さんのほうを盗み見ると、なんとも言えない顔をしていた。強い理由はなしに留学を勧めたはずだから、その心境も複雑だろう。

芽衣子さんはいつもの柔らかい笑みを浮かべていて、かえって留学のことをどう思っているかわかりづらかった。

「ええ、大丈夫。あまり遅くならないようにしてね」

「ありがとうございます。すぐに済むと思いますので……」

佐古さんはこちらの会話に参加しようとせず、ずっと床に視線を落としていた。

「ほら町香。せっかく津吉くんが来てくれたんだから、喋《しゃべ》ってきなさい」

「うん……」

芽衣子さんに背中を押され、佐古さんが立ち上がる。でもその表情は曇ったままだった。

「五階の展望デッキに行きます。十分から二十分くらいで戻りますので」

佐古さんの両親に一礼し、佐古さんを連れて歩き出す。すると、背後から西田さんが小声で釘《くぎ》を刺してきた。

「津吉、町香を泣かすなよ」

そんなことわかっている。

これまでたくさん失敗して迷惑をかけてきて、その清算をするために僕は空港に来たのだ。泣かせるつもりなんてない。

エレベーターホールの前で立ち止まると、半歩後ろの佐古さんが、うつむいたままぼそりと呟《つぶや》いた。

「……来てほしくなかった。もっと悲しくなるだけだから」

「ごめん。でも伝えておかないと互いに後悔すると思ったから」

エレベーターのランプが点灯し、扉が開く。

僕が乗り込むと、佐古さんも無言で続いた。


展望デッキは風を遮るものがないため風が吹き荒れていた。

フェンスの向こうに目をやれば、何機ものジェット機が離陸の準備をしている。

僕は日陰のベンチに佐古さんを誘導し、隣に腰を下ろした。

望まれない留学が実現してしまった理由は、よくよく情報を精査してみればシンプルなものだった。

まず道彦さんが深く考えずに留学を勧めて、素直すぎる佐古さんは興味がないのに応募してしまった。たぶんそういうことだ。

そして、佐古さんはあとから留学に行きたくない気持ちが大きくなった。しかし、一度決まったことを強引に取り消せるほど佐古さんは自分本位じゃない。

道彦さんからしても、佐古さんがはっきりと意思表示しないから、動くことができなかったはず。

そうやって膠着《こうちゃく》したまま、出発日を迎えてしまったのだろう。

お見舞いに行った日、道彦さんと芽衣子さんは口を揃《そろ》えて「娘のわがままを叶《かな》えてあげたい」と言っていた。その「わがまま」に留学のことも含まれているのだとしたら、可能性はじゅうぶんにある。

つまるところ、佐古さんが意思表示できれば留学は取り消せるかもしれないのだ。だから僕の役目は、わがままな佐古さんを引き出すことにある。

佐古さんがわがままになる条件はなにか。

実はもう、芽衣子さんから答えをもらっていた。「町香は恋愛のことになるとわがままになる」と。

僕も芽衣子さんの言う通りだと思っていた。僕の前にいるとき、佐古さんはいつも暴走気味だった。わがままな側面を見せていた。

恋愛感情が佐古さんの本心を拾い上げてくれるのならば、僕のやるべきことはひとつしかない。

僕の佐古さんへの想《おも》いを、包み隠さず伝えるだけだ。

「もう知ってることだと思うけど、僕は佐古さんにふさわしい男子になりたかったんだ。だから、自信をつけなけきゃいけないと思って、勉強したりエスコートの仕方を教えてもらったりして……」

佐古さんは相槌《あいづち》を打っていなかった。

耳を傾けてくれていると信じて言葉を足す。

「でもさ、佐古さんが僕のいいところを見出《みいだ》してくれたから、そんなことしなくていいってわかったんだ。佐古さんが僕を好きになってくれたから、僕も自分のことを好きになれたんだ」

うつむいたままの佐古さんに「顔を上げて」と声をかけると、おずおずとこちらを向いてくれた。

「客観的に見たら、僕は佐古さんと釣り合っていないと思う。でも佐古さんのおかげで自信を持てたから、格差なんてどうでもよくなったんだ」

　ずっと自信が持てなくて苦しんできた。そんななか、佐古さんの好意に救われた。だからこれは、恩返しみたいなものだ。

　佐古さんと視線がぴたりと重なり、想いが通じていると確信した。

　夏祭りの別れ際《ぎわ》に「次のデートがうまくいったら告白する」と約束してしまったけど、いまさらタイミングとかシチュエーションなんて気にするわけない。伝えるなら、いまこの瞬間以外にあり得ない。

　深呼吸して覚悟を決めた。

「僕、佐古さんが好きだ。完璧であっても完璧じゃなくても、ひとりの女子として佐古さんのことが好きだ」

　佐古さんが大きく目を見開いて息を呑《の》む。しかし、直後に丸めた紙みたいに顔がくしゃくしゃになった。それからぽたぽたと大粒の涙がこぼれ始める。

「きょう、きょうで！　お別れなのに、そんなこと言っても意味ないよ……！」

　佐古さんが手のひらで目を押さえた。それでも涙は止まらない。

　僕は慌てて手を振る。

「ちがう、ちがうんだ。これはお別れのあいさつとかじゃなくて。……えっと、昨日の約束、憶《おぼ》えてる？　来週に夏祭りに行こうって言ってたやつ」

「え……」

佐古さんは顔から手を離し、目を丸くした。

「近場で夏祭りが見つからなかったから花火大会になるんだけど、それにふたりで行きたくて」

「行けないよ！　留学があるんだから、来年にならないと……」

「来年になんかさせないよ。だって……やっと佐古さんとどう向き合えばいいかわかったんだから」

これまで僕らの関係は歪《ゆが》んでいた。しかし、やっとこれから真っ当な付き合いができるはずなのだ。

だから、いま、絶対に佐古さんを手放すわけにはいかない。

「来年じゃなくて来週に行こうよ。今度はカレシとカノジョとして」

そう伝えると、佐古さんはまたしてもだばだばと泣き出した。

「行きたい、行きたいよ……！　でも留学が……留学なんて本当はしたくないのに……」

佐古さんは少し感情的になっていたけど、同時にチャンスでもあった。やっと「留学なんてしたくない」という本音を聞けたからだ。

「なら、そのわがままを伝えに行こうよ。ちゃんと話せば伝わるはず」

「……無理だよ。私、ずっとわがままになりたくて、でもなれなかったの。だからこんな急に『留学に行きたくない』なんて言えるわけないよ……！」

「言うだけ言ってみようよ。そうじゃないとふたりで花火大会に行けないし」

「無理なものは無理なの……！　私がわがままを言えたことなんて一度もないんだから！」

佐古さんの理性的な部分は完全に決壊していて、ダムが放流するみたいに感情だけが垂れ流しになっていた。

このままじゃまずい。意固地になってしまっている。

佐古さんにかけるべき言葉を探すため、記憶の引き出しを片っ端からひっくり返した。

そうしていると、とあるやり取りを何度も繰り返してきたことを思い出した。

『僕は佐古さんみたいになりたいんだ』

『私は津吉くんみたいになりたいな』

佐古さんは僕に欠けているものを持っていて、佐古さんに欠けているものを僕が持っていた。そういうふうにして僕らは惹《ひ》かれ合って――

その事実に気づいた瞬間、僕は佐古さんの両肩を摑《つか》んで揺さぶっていた。

「僕は自分を変えられたよ。佐古さんみたいになりたいって憧れて、ちゃんといま、自信を持つことができた。だから――」

無意識に佐古さんの肩を握る手に力が入った。


「――佐古さんにもできるよ。佐古さんだって、自分を変えられる」


僕にできたことが佐古さんにできないとは思えない。佐古さんならきっと、素直すぎる自分を脱ぎ捨てられるはずなのだ。

佐古さんは潤んだ目を震わせた。

「私……私に、できるのかな………」

「できるよ。僕にはできたんだから」

ほとんどこじつけだし、強引な説得だと思った。でも、佐古さんを勇気づけるには最善の言葉だと信じていた。

「……そっか、そうだよね。津吉くんにはできた……」

佐古さんは僕の言葉を噛《か》み締めるように呟き、唇を引き結ぶ。すでに涙は止まっていた。

「私、やっぱり津吉くんみたいになりたい……！」

佐古さんが顔を上げ、真っすぐな目で言った。

「それってつまり……！」

「お父さんに掛け合ってみる」

「ほんとに!?」

「うまくいくかはわからないけど……」

佐古さんが覚悟を固めてくれた。

ほっと胸をなでおろしていると、佐古さんが上目遣いになって訊《たず》ねた。

「……ちょっとだけいい？」

「なに？」

すると無言で佐古さんが倒れ込んできて、両腕が僕の腰に回された。その額が、とん、と僕の胸に触れる。

「わ、わ」

「……急にごめんね。でも、ちょっとだけ元気をちょうだい」

急に抱き着かれて心臓が止まるかと思った。いや一瞬止まっていたかも。

僕はおっかなびっくり佐古さんの頭を抱きしめた。

「すごいな津吉くんは。いつも私にできないことができちゃう……」

佐古さんは僕の胸におでこをぐりぐりと擦りつけながら言う。

「私、津吉くんに会ったときから自分を変えようとしてたんだよ。これまでお父さんに勧められたことしかやってこなかったから、今度こそ自分で選ぼうと思って、やりたいことだって考えてたんだ。だから……だから、絶対に日本から離れるわけにはいかないよね……！」

「そう言ってくれて本当によかった……」

「どうするか決まったことだし、やるべきことをやらないとね」

そう言って佐古さんは僕から離れて座りなおした。そのあと照れくさそうにはにかみ、人差し指で頬をかく。

「留学のことを言いに行く前に確認したいんだけど……私と付き合ってくれるんだよね？」

「うん。だから告白したんだ」

「留学を取り消すことができたら、ちゃんと花火大会に行ってくれる？」

「もちろん」

「もしこのまま海外に行ったとしても、来年まで待ってくれる？　浮気《うわき》とかしない？」

「約束する。そうなったときはたくさん電話をかけるよ」

「じゃあ、もし私がしわくちゃのおばあちゃんになっても大切にしてくれる？」

「も、もちろん」

急に質問が飛躍するものだから、思わず顔をこわばらせてしまった。

しかし、佐古さんはいじらしい笑顔を向けてきた。

「ふふ、冗談だよ。私、そんなに重たくないから」

「焦《あせ》った……」

「じゃあ大人になったら結婚してくれる？」

「うん」

「これも冗談だったのに、即答されるとちょっとくすぐったい……」

はめられた。穴があったら入りたい。

ふたりとも無言になってしまい、たいへん気まずい。

黙ったままでいても、隣から佐古さんの息遣いが伝わってきて、なかなか感情の波が引いてくれなかった。

そのまま一本だけ飛行機の離陸を見送ると、佐古さんが立ち上がった。

「津吉くんのおかげで勇気が出たし、早く行かなきゃ。どうなるかわからないけど、一か八かで掛け合ってみる」

「大丈夫、ちゃんと自分の言葉で話せば伝わるよ」

　道彦さんや芽衣子さんの言っていたことが真実なら、佐古さんは大きなわがままを言ったことがない。そのことを思えば、留学のキャンセルを言い出すのは相当な覚悟が必要だろう。

　でも、佐古さんの目に迷いはなかった。

「がんばれ、佐古さん」

「うん。ちゃんと自分の意志を伝えるから、見ていて」

　僕もお尻を払って立ち上がり、ふたり並んでエレベーターに乗り込んだ。


　僕らが戻ると、芽衣子さんが優しい声音で佐古さんに訊ねた。

「ちゃんとお別れのあいさつはできた？」

「まあ、うん。そんなところ……」

　もちろん佐古さんはお別れするつもりじゃないから、言葉を濁していた。

その違和感に西田さんが真っ先に気づく。

「なに？　どしたの町香」

「え、どうもしないけど。目が赤いし」

「なんかあったようにしか見えないんだけど……」

「え、うそ」

西田さんは首を回すと、僕のことを訝《いぶか》し気な目で見た。

「まさか津吉……」

「いや待って。たぶん誤解だから」

そういえば、展望台に上がる前に「町香を泣かせるな」と警告されたのだった。

「ねえ町香、なにかあったんじゃないの？」西田さんが問い詰める。

「そうよ。目が赤くなってるけど、平気なの？」芽衣子さんもいっしょになって訊ねた。

袋小路《ふくろこうじ》になった佐古さんはたじたじになりながら答える。

「まあ、なにもなかったわけじゃないんだけど……」

佐古さんがそう言うと、西田さんが僕のことをぎろりとした眼《め》でにらみつけた。

くわえて、さっきまで静観していたはずの道彦さんも、僕のことを険しそうな目で見ていた。

僕の背中にだらだらと冷や汗が流れる。悪事を働いたわけじゃないから、そんな目で見ないでほしい。

視線を横に逃がすと、佐古さんと目が合った。表情はまだ硬くて、留学のことを言い出せるか怪しそうだった。

口パクで「がんばれ」と伝えると、佐古さんは小さくうなずき返した。

「ごめんなさい。曖昧なこと言ってる場合じゃなかった」

一転してきっぱりとした口調で佐古さんが言った。

佐古さんは道彦さんと芽衣子さんの前に立つと、身体《からだ》をふたつに折って頭を下げた。

「一生に一度のお願いです。どうか聞いてください」

芽衣子さんが驚いて口に手を当てた。

その一方で、道彦さんの鉄面皮は崩れなかった。

「お願いとは、なんのことだ？」

「無理があるのはわかってます。でもお願いです。どうか留学をやめさせてください」

決意の滲《にじ》む声だった。聞き間違いようのないくらい、はっきりと言い切った。

これまでずっと佐古さんはわがままを言ってこなかったのだから、これは文字通り「一生に一度のお願い」だ。

突然の要求にいちばん驚いたのは西田さんで、「はあ?」と素っ頓狂な声を出していた。

でも、道彦さんは泰然たる態度を崩さない。

「町香、理由を聞かせなさい」

一瞬だけ佐古さんがひるんだように見えたけれど、引き下がらずに声を上げる。

「……私、これまでお父さんがいろんなことを勧めてくれて、助かってたの。私はやりたいことを考えるのが苦手だったから、習い事も進路もお父さんが勧めてくれて、すごく楽だった。でも、もう甘えるのは卒業したいの。お父さんに勧められたまま留学に行ったら、今度こそ取り返しがつかなくなる」

はっきりとした己の意志が、佐古さんの口を衝《つ》いて出る。

道彦さんも芽衣子さんも、黙って耳を傾けていた。

「お父さんとお母さんには本当に感謝してる。でも私、これからは自分で決めたい。やりたいことも、やりたくないことも、自分で選んでいきたい。キャンセル料は高額かもしれないけどバイトして絶対に返すし、滞在先への謝罪も自分でやります。だから、どうかお願いします」

出発の直前にキャンセルするのが難しいことは僕もわかっている。でも佐古さんは行くべきじゃないし、行ってほしくない。

だから、微力かもしれないけれど助け舟を出すことにした。

「佐古さんはすごく努力家で結果を出すこともできて、だからこそ日本に残るべきだと思うんです。やりたいことのない海外に行くよりも、日本でやりたいことに向き合ったほうが、佐古さんは力を発揮できるはずなんです。僕は佐古さんの真っすぐなところをかっこいいと思っていますし、尊敬もしています。だから――」

これでもかというくらい、深く深く頭を下げた。


「――どうか佐古さんのわがままを聞いてあげてください」


佐古さんも僕にならって再び身体を直角に折って頼み込む。

「お父さんお母さん、お願いします」

道彦さんたちの回答を待つ時間は、異様に長く感じられた。ほんの数秒かもしれないし、何分も経《た》っていたかもしれない。

「よく言えたね、町香」ずず、と芽衣子さんが鼻をすする。「自分から言い出してくれるのを、ずっと待ってたのよ……」

頭を上げると、芽衣子さんはハンカチで目元を拭っていた。

「それって……えっと、つまり?」佐古さんが続きを促した。

「ええ。留学はキャンセルにしましょ」

そんな簡単に決めちゃうのか。もっとこう、口論になることを予測していたのに……。

すぐに事態が呑《の》み込めずに隣を見ると、佐古さんも動揺していた。

「ちょ、お母さん。そんなあっさり決めていいの? だって留学をやめるんだよ? お父さんだって反対しないの?」

道彦さんは腕を組んで眉間に皺《しわ》を寄せた。

「ひとつ条件がある。留学に行かないぶん、これからどういうことをやりたいか、しっかり自分で考えて――」

「あるよ、やりたいこと」

佐古さんはピンと背筋を伸ばして道彦さんに向き直る。

「私、留学さえなければ吹部の副部長になるはずだったから、来年こそはみんなを引っ張っていってコンクールで金賞を取りたい。あと、津吉くんが人助けができてかっこいいと思ったから、私も生徒会とかに入ってだれかのために行動したい。それから、受験する大学も自分で決めたい。いままでなんとなくで勉強してきたけど、ちゃんと自分の進路のために勉強したい。あとは――」

佐古さんはちらりと僕を見て、わずかに頬を染めた。

「――ううん、これはお父さんにはないしょ。……とにかく！　やりたいことなら、たくさんあるから」

いつもは鉄面皮の道彦さんが、呆気《あっけ》に取られていた。

そりゃそうだと思う。僕だって佐古さんがこんなに「やりたいこと」をため込んでいたとは知らなかったのだ。とんでもない急成長を遂げている。

しかし佐古さん本人は自身の変化に無自覚のようで。

「お母さん！　いくらなんでもあっさり決めすぎ！　出発日に取りやめなんて、絶対にいろいろ大変だって！」

「本当はこうなるって薄々わかってたのよ。でも町香が留学に行きたくないという素振りを見せなかったから、言い出してくれるまで待つしかなかったの」

「な、なんでわかってたの？」

道彦さんが代わりに答えた。

「日記だ。このひとが町香の部屋から見つけてきた」

「道彦さん！　それはないしょ……」

「に、日記ってまさか……」佐古さんはわなわなと震えていた。

「えっと、ごめんね？」

佐古さんの顔がみるみるうちに赤くなり、耳の先まで色づいた。

「お、お母さん……！」

「でも、おかげで町香の危険信号をキャッチできたの。だから、実はキャンセルもしやすいように根回しだってしてあるのよ。そういうことだから、日記を見たことは許してね？お願いね？」

佐古さんは両手で顔を覆い、ふにゃふにゃに脱力してベンチに座り込んだ。

「……恥ずかしい……しにたい……」

「でも私よりお父さんのほうが根回しをがんばってたのよ。『条件がある』とか言ってたくせに、いちばん行ってほしくないと思ってたみたい。ね、あなた。そうでしょ？」

道彦さんがそっぽを向いた。本当は親バカなのを隠そうとしているみたいだった。

しかし芽衣子さんは追い打ちをかける。

「このひとね、海外留学を勧めたことをすごく後悔してたのよ。町香と離れ離れになるのがあとから辛《つら》くなったみたいで」

心配性の道彦さんらしい話だった。佐古さんも寂しがりだから、やはり親子で性格は似るのだろう。

さてと、と芽衣子さんが胸を張る。

「私とお父さんは留学のことで話し合わなくちゃいけないから、あなたたちはどこかで時間を潰していて。キャンセル料とかも気にしなくていいからね」

「でも、私が急に言い出したことだし、手伝えることがあれば――」

「あのね、町香は本当に手のかからない子だったから、世話を焼けるのがうれしいの。だから、お母さんたちにやらせてくれない？」

「うう、でも……」

「ね、お願い」

食い下がろうとする佐古さんに、芽衣子さんが笑顔で応戦する。なんの不安も感じさせないような力強い笑みだった。

親としての頼もしさを見せつけられ、佐古さんも渋々と折れた。

「わかった……。お母さんありがと」

「いいの。ずっと町香の役に立ちたかったから」

芽衣子さんは心底うれしそうに言うと、佐古さんの頭をそっとなでた。佐古さんがくすぐったそうにはにかむ。

頭をなで終えると、芽衣子さんは全員を見渡して言う。

「それじゃ、留学の話はいったんここまでにしましょ。あなたたちは適当なところをぶらぶらしていて。マユちゃんも、ね」

呼びかけられた西田さんは、じとりとした目で芽衣子さんを見た。

「町香ママ、嘘《うそ》ついてましたね」

「え、いや、なんのことだか……」

「日記、見てたんですね」

「え、あ、う」

芽衣子さんが目を泳がせる。

そういえば、佐古さんの家にお邪魔したときも、ふたりは日記のことを話していた。

「その日記って、佐古さんのやつですよね？　なにが書いてあったんですか？」

「津吉は知らなくていい」と即答する西田さん。

「なんのことかな……？」としらばっくれる芽衣子さん。

「もうやめて……」と顔を赤くする佐古さん。

三者三様の反応に、ますます興味がそそられる。留学阻止のキーアイテムになったことはわかるけど、真相は闇の中のようだ。

芽衣子さんは慌てたようすで僕らの肩を押した。

「ほら、早く行って！」

「町香ママ、誤魔化そうとしてる……」

「お母さん、サイテー……」

「そういうこと言わないで！　ほら早く！」

芽衣子さんは僕ら三人をぐいぐいと押していく。

その背後から「津吉くん」と呼ばれた。険しさもあるけど温かみのある声だった。

振り向くと、道彦さんがわずかに頭を下げていた。

「町香のこと、幸せにしてやってください」

「え、あ、はい」

芽衣子さんに押されていたから曖昧に返事したけど、軽率にうなずいていい話ではなかった気がする。まあいいか。

結局は日記の真相を聞けぬまま、僕らはロビーを離れた。

佐古さんはずいぶんと上機嫌で、西田さんはその隣を歩きながらふたりで盛り上がっていた。僕は蚊帳《かや》の外だったので、後ろをついて歩いた。

そんなわけでぼんやりとふたりの会話を聞いていると、唐突に西田さんが振り向いて僕に訊《たず》ねた。

「でさ、津吉と町香って付き合ってんの?」

「え、うん。そういうことになってる」

正直に答えると、佐古さんが焦《あせ》りだす。

「な、ないしょにしようと思ってたのに!」

「そうだったの? 話していいと思ってた。ごめん」

「私はもう聞いちゃったし、ほかのひとには言わないようにするよ」

「真由子《まゆこ》、ありがと」

「ところでさ」西田さんが立ち止まる。「甘いもの食べたくない?」

「わかる」

食い気味に佐古さんが言った。

女子ふたりの視線の先には、土産物屋ののぼりがあった。限定ソフトクリームと書かれている。

「よし、津吉におごらせよう」

「ええ、さすがに悪いよ」

「町香はわがままを言えるようになったんでしょ?」

「たしかに!」

「こういうときにわがままを言えるようにならないと」

「なんで西田さんが決めるんだよ！」

あえなく僕のツッコミは無視され、佐古さんがターンして僕の正面に立った。

「津吉くん」

「はい」

「ソフトクリーム食べたいな！」

その弾《はじ》けんばかりの笑顔を前にして、断れるわけがなかった。

財布を取り出す僕の横で、西田さんが調子に乗る。

「カノジョの友達だから私のぶんもおごってくれるよね」

「わかったよ、もう……」

「町香！　こいついいやつだ！」

「でしょでしょ」

三人ぶんのアイスを注文しながら思う。

完璧じゃなくてもわがままな佐古さんはかわいいな、と。

八月九日

この日記を勝手に見ているであろうお母さんへ
きょうはありがとう
でも許さないから

エピローグ

駅前の混み具合は想像していたより何倍もひどくて、ひとだかりが時化《しけ》た海みたいにうねっていた。

現地集合は無謀だったか、と僕は口の端《はし》を曲げる。

花火大会なんて行ったことがなかったから、近所の夏祭りと同じくらいの規模だと思っていたのだ。

駅の出口からは次々とひとが吐き出されていて、ちゃんと見つけられるか不安になってきた。この前と同じ浴衣《ゆかた》を着てくるなら気づけるかもしれないけど、きょうは私服で来ると言っていた。待ち合わせは難航しそうだ。

電車が新たにホームに入ってきて、直後に人混みが塊になって改札からあふれ出す。

時間的にはそろそろのはずだ。じっと目を凝らして目的の人物を探す。

大きなひとの波が去ったあと、ひとりの女子が改札を抜けた。チェックのロングスカートと袖の短い白のブラウス。そのコーデがひときわ僕の目を引いた。

その女子はひとの多い場所を避けて立ち止まり、きょろきょろとだれかを探し始めた。僕はその子に駆け寄った。

「佐古《さこ》さん」

「あ、津吉《つよし》くん！」

僕に気がつくと、佐古さんは花が咲いたように笑って手を振った。

「よく私のこと見つけられたね」

「……まあ、うん」

「なんで返事が曖昧なの？　はっきり言って」

「恰好《かっこう》がかわいいからすぐにわかった」

「そんなにはっきり言わなくていい……」

佐古さんはりんごみたいに赤くなり、頰をぷくりと膨らませる。やっぱりかわいい。

照れ隠しのつもりなのか、佐古さんは僕の手首を摑《つか》んで歩き出す。

「女の子の服装を褒めるのって、伊坂《いさか》くんからもらったアドバイスなんでしょ？　そういうの、もうやめるって話じゃなかったの？」

ぷりぷりしながら佐古さんが言った。

「アドバイスとか関係なく、かわいいと思ったら言っちゃだめ？」

佐古さんは悶絶《もんぜつ》しながら僕の手首をぶんぶん振り回す。

「許すからもう言わなくていい！」

「よかった」

はぐれたらよくないし、と思って手を繋《つな》ぎなおす。佐古さんも黙ったまま指を絡《から》ませてくる。

足並みはそろった。どちらかが先導することもなく、遅れることもない。

同じ歩幅、同じ速度で花火大会の会場に向けて歩を進めた。

あとがき

はじめまして、このたび第34回ファンタジア大賞で銀賞をいただきました山賀塩太郎《やまがしおたろう》と申します。人生初のライトノベルもファンタジア文庫様のタイトルでしたので、これもなにかの巡り合わせのような気がします。八年前のぼくよ、ファンタジア作家になったぞ。たくさんお礼を申し上げたい方がいますので、早速ですが謝辞を。

担当編集のI様。右も左もわからないような新人をここまで導いてくださりありがとうございます。いつも的確なアドバイスや意見をくださるので、打ち合わせのたびに作家としての戦闘力が上がっているような気がします。あと千回くらい打ち合わせしたら無敵になれそうです。

選考に携わってくださったすべての方々。銀賞という名誉ある賞を与えてくださり感謝の言葉もありません。特に選考委員の先生方のコメントは、思うように改稿が進まないときに道しるべになりました。読み返すときに便利なよう、ドラゴンマガジンの受賞発表のページにはふせんが貼ってあります。

イラストの佑《ゆう》りん先生！　ファンです。ファンになりました。はじめて佐古《さこ》さんのキャラデザを拝見したときの衝撃が忘れられません。もう完璧でした。あまりのかわいさに胸が苦しくなりました。佑りん先生のイラストをもっと見たいので、二巻が出ることを祈っております。

いつも創作談義に付き合ってくれる友人のみなさまと、大学のA先生。小説のことで困ったらいつでも訊《き》けるのがありがたかったです。特にM氏（N先生と呼ぶべきかしらん）には創作以外のことでも助けられてばかりです。ズッ友です（死語）。作家としていっしょに長生きしような……。

また、これまでの人生でぼくと少しでも関わりがあった方々。数々の経験があってこその小説です。だれかひとりでも欠けていれば本作は書けなかったと思います。もう会わないであろうひと、会えなくなったひともいますが、それでも感謝を述べたいと思います。素敵な体験をさせてくれてありがとうございました。

そしてなにより、数あるライトノベルのなかから本作を手に取ってくださった読者のみなさまに最大限の謝辞を。心に残るような物語を提供できていればうれしいです。

山賀塩太郎

お便りはこちらまで

〒一〇二 - 八一七七
ファンタジア文庫編集部気付
山賀塩太郎（様）宛
佑りん（様）宛

富士見ファンタジア文庫

完璧《かんぺき》な佐古《さこ》さんは僕《モブ》みたいになりたい

令和４年１月20日　初版発行

著者――山賀塩太郎《やまがしおたろう》

発行者――青柳昌行

発　行――株式会社KADOKAWA
〒102-8177
東京都千代田区富士見2-13-3
0570-002-301（ナビダイヤル）

印刷所――株式会社暁印刷

製本所――本間製本株式会社

※定価はカバーに表示してあります。
●お問い合わせ
https://www.kadokawa.co.jp/（「お問い合わせ」へお進みください）
※内容によっては、お答えできない場合があります。
※サポートは日本国内のみとさせていただきます。
※Japanese text only

ISBN978-4-04-074393-6 C0193　◇◇◇

雨音恵
ILLUST
kakao
「一葉《ひとつば》さん、早く着替えないと遅刻するよ？」

「勇也《ゆうや》君が着替えさせてくれます？」

「はい!?何言ってるの!?」

「ぬーがーしーてー」

「わかった……ハミガキ終わったら脱ごうか」

「え!? え、いや、やっぱり……その……」

「ほら早く！」

「……勇也君!?」

#同棲 #一緒にハミガキ #カップル通り越して夫婦 #糖度300%

I'm gonna live with you not because my parents left me their debt but because I like you

out because
可愛いJKとのイチャイチャ同棲生活
ひざまくら
いっしょにお風呂
シリーズ好評発売中!
NOW ON SALE

学校……じろじろ見ないで
【朗報】
俺の許嫁になった地味子、家では可愛いしかない。
秘密の結婚生活《ラブコメ》！

ファンタジア文庫
甘えていい？
家
クラスのあの子と
著者：氷高悠
イラスト：たん旦
親同士の約束で俺に嫁（３次元）ができた!?
相手は地味で目立たない同級生・綿苗結花。
「最近の推しは誰ですか!?」「遊くん…って呼んでもいい？」
趣味もピッタリ、意気投合。
しかも、慣れたら学校では想像できないほど大胆に！
彼女の素顔と、２人だけの生活は可愛さしかない!?

切り拓け！キミだけの王道
ファンタジア大賞
原稿募集中！
賞金
《大賞》300万円
《金賞》50万円
《銀賞》30万円
選考委員
細音啓「キミと僕の最後の戦場、あるいは世界が始まる聖戦」
橘公司「デート・ア・ライブ」
羊太郎「ロクでなし魔術講師と禁忌教典《アカシックレコード》」
ファンタジア文庫編集長
前期締切 8月末日
後期締切 2月末日
公式サイトはこちら！ https://www.fantasiataisho.com/
イラスト／つなこ、猫鍋蒼、三嶋くろね

完璧な佐《さ》古《こ》さんは僕《モブ》みたいになりたい

パーフェクトヒロイン・
佐古町香
SWEET

BEAUTIFUL
SMART

私はいま、津吉くんと同じタイミングで
湯舟に浸かっている。
別になにひとつとして問題はないのに、
いかがわしいことをしているような
気分になってしまって頭がくらくらする。
お風呂でリラックスすると
頭のねじが緩くなるから困る。
本来の私は、こんなはしたないことを
考えたりしないはずなのに。
BATH OIL

「のぼせそう……」
お風呂での佐古さん

「私が完璧なイメージを壊すような演技をしてたこと……知ってたの？」
「知ったのは最近だよ。でも、気づいてた」
佐古さんと夏祭り

「わざと洋服じゃなくて浴衣を着てきたこと？」

「うん」

「本当は甘党ってことも？」

「プリンが好物なんだよね」

「わざわざ不細工になるために前髪を切ってきたことも？」

「僕はよく似合ってると思うけど」

Contents

Kanpekina
Sako san ha
Mobumitaini naritai